新潮文庫

歌に私は泣くだらう

―妻・河野裕子 闘病の十年―

永田和宏著

新潮社版

10147

目次

歌に私は泣くだらう

妻・河野裕子　闘病の十年

私はここよ吊《つ》り橋ぢやない

すべてはこの一首から始まったと言っていいのかもしれない。

夜中すぎ鏡の前で偶然気づく
左脇《ひだりわき》の大きなしこりは何ならむ二つ三つあり卵《たまご》大なり
河野《かわの》裕子《ゆうこ》『日付のある歌』

二〇〇〇年九月二十日の夜である。「左脇の大きなしこり」。風呂《ふろ》に入っているときに気づいたと言う。すぐに私に見せにきた。

パソコンの青き画面に向きゐるに「何やこれ」と言うて君に触らす　裕子

「ちょっと、あなた、これ何？」と、風呂からあがったまま、バスタオルを巻いた格好で、左脇を上にあげて私の横に立った。コンピュータの画面に向かっている私の手をとって、自分の脇の下にあてがった。

確かに大きなしこりが手に触れる。「何やろ」と裕子は不安げである。ちょっとイヤな感じがよぎった。「何かなあ。何か感染してリンパ節が腫《は》れたのか、それともガングリオンか脂肪腫《しぼうしゅ》みたいなものかも」と適当なことを言っておく。そんなところにガングリオン（結節腫）や脂肪腫ができるはずがなく、科学者としてはまことにいい加減なことだが、ふとよぎったイヤな感じを遠ざけておきたいという無意識の作用だったのかもしれない。

心配ないと思うけれど、明日、京大病院で診てもらえるようにしようということになった。当時私は京都大学再生医科学研究所に勤めていたが、ちょうど京大病院の形成外科からNさんという女性を大学院生として預かっていた。その指導教授である西村善彦教授には、Nさんのことで何度かお会いしている。西村教授に診察をお願いすることにした。

その頃、河野裕子は、「歌壇」という雑誌（本阿弥書店）に作品の連載をしていた。毎日最低一首は作るという企画で、目玉は娘の永田紅《こう》と一緒に連載をするというもの。前年の十一月から始まっており、一年間という約束の最後の二ヵ月分を作っていた頃である。

翌日、九月二十一日の歌には、河野の第八歌集『家』（短歌研究社）が届いたことが記され、さらに、

永田、京大病院形成外科の西村教授に連絡を取り、診察予約をしてくれる

泳ぎたい疲れた身体が呻《うめ》くなり明日は病垂《やまひだ》れの病院にゆく　裕子

という歌が見える。下句「明日は病垂れの病院にゆく」には、さらりと詠《うた》ってはいるが、それなりの不安の影が濃い。病垂れの字には楽しい漢字はまずないが、なんにしても「病垂れ」の病院は、喜んで行くところではない。

翌二十二日には、京大病院を受診するために、私と一緒に裕子の車で出かけた。娘の紅も一緒に乗せて出かけたが、彼女は農学部に近いところで降り、そのまま研究室

に。紅は、当時京都大学農学研究科の大学院修士課程の最終学年であった。このまま博士課程に進み研究を続けることになっていた。

裕子を京大病院の正門前で降ろし、私はそのまますぐ横の再生医科学研究所の研究室へ、いつものように。

昼過ぎに西村教授から電話があった。秘書さんが「西村先生からです」と取り次いだとき、なんということか、まだ何も聞いていないのに、伝えられる内容がすべてわかってしまった。いまから思えば不思議な体験である。まだひと言も聞いていない報告が、もう何度も聞いていたもののように、ありありと思い浮かんだのである。

何ということはない。私には最初からわかっていたのかも知れない。ただそれを認めたくないばかりに、その事実に近づこうとしなかっただけだったのだろうか。

はたして西村先生の声は沈んでいた。脇の下はリンパ節の腫脹《しゅちょう》だと言う。乳癌《にゅうがん》の疑いがかなり強い、形成外科の領域ではないので、乳腺《にゅうせん》外科の稲本俊《いなもとたかし》先生にまわし、そこでエコーとバイオプシー（生体組織診断）を行ったという。

最終的には来週結果が出ますとおっしゃったが、それが一種の気休めであることは、口調からも察せられる。事の重大さにこちらの口調がうわずってくるのが、自分でもわかる。落ちつけ、落ちつけと思いながら、次第に焦《あせ》っていくのが自分でもなさけない。

まだ決まったわけではありませんからと念を押され、礼を言って電話を切った。

そのすぐあと、裕子から電話がかかってきた。元気な声である。いま終わったから、そっちに車を取りに行くと言う。車のキーを持って門のところへ出ていくと、春日北通り（通称聖護院通り）を東の方から歩いてくる裕子が見えた。

快晴というに近い秋の日。東山の稜線《りょうせん》がくっきりと青空に浮き出ている。向こうから歩いてくる河野は、いつものようにしっかりした足取りなのに、はかなげに見えたのは、もちろんいま聞いたばかりの電話のせいだろう。なんて小さな妻なんだ。

できるだけ平静を保ち、どうだったと尋ねる。エコーで乳房に大きな影があり、脇の下のもまっ黒なのよ、と言う。なんでこんな時に、そんな元気な声で呑気《のんき》に話ができるのかと、あきれる思いでもあった。しかし、彼女自身は、まだそんなに大変なことだとは思っていないらしい様子にほっとする。

西村教授からの電話の内容には触れずに、ふんふんとこちらも莫迦《ばか》なような対応である。「結果が来週でるんだったら、またそのとき考えないとしようがないよな」と、ことさら平静を装《よそお》いながら車のある方へ歩く。「帰ったらゆっくり聞くから、気をつけて運転しろよ」とわざとぶっきらぼうに送り出した。

わずか五分ほどの立ち話であったが、その五分の長かったこと。車が川端通りを右に折れて、見えなくなると、ぐったり疲れてしまった。よほど緊張していたのだろう。研究室に戻るまでに、しばらくそこで息を整えなければならないほどだった。

あっけないくらい元気だと思っていた河野が、実はそんな気楽ではなかったことを知ったのは、一カ月ほどあとのこと。連載中の彼女の歌を読んだときである。「歌壇」の連載では、その日の歌に、

永田さんと呼ばれて406号室へ。西村教授

リンパ節かたいですねと二度言ひてカーテン閉ざせり隣室へゆく　　裕子

医師ふたりわが胸見下ろしをりしかど乳腺へとすぐにカルテ廻さる

第二外科乳腺外来、稲本俊教授エコーを見せつつ

まつ黒いリンパ節三つと乳腺の影、悪性ですとひと言に言ふ

さうなのか癌だつたのかエコー見れば全摘ならむリンパ節に転移

という歌が並んでいる。「さうなのか癌だつたのか」と納得し、「全摘ならむ」と漏らす。もちろん手術を言い渡されたわけではないが、彼女はいちはやくそれを覚悟したのであろう。奥歯にものはさまったような物言いに対して、いつも異常に敏感なのであった。二人の教授さんたちが、できるだけ脅《おど》かさないように言葉を選んで話をしてくださったことで、逆に、容易ならざる事態であることを敏感にキャッチしたのにちがいない。

そのあとに次の一首がある。

病院横の路上を歩いていると、むこうより永田来る

何といふ顔してわれを見るものか私はここよ吊《つ》り橋ぢやない　裕子

私のそれまでの人生で、この一首ほど辛《つら》い一首はなかったと言ってもいいかも知れない。できるだけ平静を装っていたつもりなのに、お見通しだったということか。どんな形相をしていたのだろう。

「診察を終えて病院の横の路上を歩いていると向こうから永田がやってきた。彼とは三十年以上暮らしてきたが私を見るあんな表情は初めて見た。痛ましいものを見る人の目。この世を隔たった者を見る目だった。」

（「癌を病んで」西日本新聞、二〇〇二年十二月十六日）

「あなたは嘘《うそ》をつくのが下手なんだから」は、河野の口癖であった。人間はそれほどよくはないと思っているのだが、どこか青いというか、成熟しないというか、腹芸というものをうまく使いこなせないことがある。そのことでずいぶん河野を傷つけ、責められることが多かった。どこか変に真っ正直なというか、青臭い正義感というか、嘘がつけないことが多かった。

それにしても「私はここよ吊り橋ぢやない」には驚く。どこが吊り橋なのか。吊り橋を覗《のぞ》き込むような切羽詰まった形相をしていたのだろうか。たぶんそんな理の勝った言葉の選択ではなく、一瞬につかんだ吊り橋だったのだろう。

この一首を評して、歌人仲間の小池光が「半ば無意識に咄嗟《とっさ》に口走る言の切れ味、おもしろさというものがある。資質といえば資質である。訓練、経験によって習得されない、むきだしの言語感覚だ。斎藤茂吉のエピソードの類を読むとこの咄嗟の言のあざやかさが至るところにある。河野裕子にもしきりにその気を感ずる。なぜか咄嗟に、わたしは吊り橋じゃないよう、と口走っているのだ。わが身を漏れた言にわが身が反応して一瞬で歌になる。ならざれば止《や》まない。これも歌人の業《ごう》である。うらやむべき業。」と書いたことがあった（「短歌」二〇〇九年九月号）。

「吊り橋」への連想の突飛さにも驚くが、私には「私はここよ」の一句が痛い。「どこを見ているの、私はここよ。しっかり見てよ」と言われているよう。心ここにあらず、視線が泳いでいたのだろうか。とにかく早く帰そうといった、私の思いを敏感に見抜いていたのかもしれない。やっぱり嘘が下手なのだ。

呑気そうに車を運転して帰った河野であったが、その日のショックについては、後年、次のように述懐している。

「十余年まえの秋の晴れた日だった。乳癌という思いがけない病名を知らされたあの日の悲しみをわたしは生涯忘れることはあるまい。鴨川のきらめく流れを、あんなにも切なく美しく見たことは、あの時もそれ以後もない。

人には、生涯に一度しか見えない美しく悲しい景色というものがあるとすれば、あの秋の日の澄明《ちょうめい》な鴨川のきらめきが、わたしにとってはそうだった。この世は、なぜこんなにも美しくなつかしいのだろう。泣きながらわたしは生きようと思った。」（永田和宏・河野裕子『京都うた紀行　近現代の歌枕を訪ねて』、京都新聞出版センター、二〇一〇年）

明るいもの言いの向こうで、いかに河野が打ちのめされていたか。明るい表情だけを見て、たやすく安心してしまっていた自分を、なんという能天気な男よとののしらずにはいられない。

その午後はいっさい何も手につかないという状態だった。私は日頃ほとんど日記をつけないが、このときばかりは、日記らしきメモが残っている。どこかで観念したのか。これからの日々に備えなければならないという思いがそうさせたのだろうか。まだ大騒ぎするほどのことではないと思いこみたがりながら、いっぽうでこれは容易ならざることになったという思いが打ち消しがたく湧《わ》きおこっていた。

九月二十二日から始まる「日記」には、「午後からは、ひょっとしたらという思いにとらわれて、仕事が手につかない。Y教授がこられ、事務長が来て、RI室で実験をした。どれも上の空。七時過ぎに早めに帰宅。飯を作って待っていてくれるのはいつもの通り。いつものことなのに、こんなにありがたいと思ったことはない。いつもと少しも変わっていない。それなのに、いつもと同じであることがかけがえのないことに思われる。そんなことにどうして気づいてこなかったのか。横の椅子《いす》に、家庭の医学が置かれ、乳がんのところが開いてあった」と記している。

その夜は、近所を裕子と一緒に散歩した。すぐ横の長谷《ながたに》八幡宮の横を通り、いつも「鶴見詣《つるみもうで》」と称している、鶴見俊輔さんの家のあたりまで、ぐるりとまわって帰ってくるコース。夜の長谷八幡はひっそりとひとけがない。助けてくださいと思わず声に出しそうになる。だが、そんな気配を河野に悟られてはならない。こんなときだけの神頼みでわれながら現金なものである。

九月二十三日　はれ　　　　　　　　　　　　裕子

さびしいよ、よよつと言ひて敷居口に片方の踵《かかと》でバランスを取る

掃き寄せて掃き寄せて椋《むく》の葉よ昨日まで知らなかつた病気のことは

九月二十四日　はれ

時へだて寝覚めごころのはるけさよ一生《ひとよ》を歩く小さな歩幅

二十三日は土曜日だった。私たち実験系の研究者にとっては土曜日は普通の勤務日であり、休むということはずっとなかったが、その日は一日家にいた。裕子と一緒に久しぶりに庭仕事をした。彼女に病気が見つからなかったら、しなかった仕事である。裕子が庭掃きをしているときの歌、「さびしいよ、よよつと言ひて」にはその時の彼女の不安と、ひょっとして自分だけがという寂しさが露《あら》わに見てとれる。「昨日まで知らなかつた病気のこと」は、庭掃きをしながらの彼女の実感でもあり、それはまた私の思いでもあった。

その時の私の歌。

なんにしてもあなたを置いて死ぬわけにはいかないと言う塵取《ちりと》りを持ちて
永田和宏『風位』

塵取りをもって不意に言った言葉が「なんにしてもあなたを置いて死ぬわけにはい

かない」であった。事実そのままの歌であるが、その切羽詰まった言葉は私の胸に刺さった。

「あなたを置いて死ぬわけにはいかない」と思っているのなら、それが彼女を繫《つな》ぎとめることになるのなら、それでいいと思った。なにかに縋《すが》って生きなければ、命などは儚《はかな》いものだ。現実に自分を繫ぎとめる何かがなければ、最後は病気に負けてしまうことになる。私が何かをしてやれるのではなく、私のために生きなければと思ってくれるなら、それは彼女の力になるだろう。

癌と腫瘍の違いからまず説明すなにも隠さず楽観もせず　和宏

大泣きに泣きたるあとにまた泣きて泣きつつ包丁を研ぎいたるかな

稲本教授と電話で話し、詳しい病状を尋ねた。稲本先生の話し方は私情を交えない客観的な説明だったが、口調から、取りあえずはさほど心配した状態ではないように感じられ、少し気分が明るくなった。私自身が調べたことも含め、稲本先生からの状況説明を河野にする。素人《しろうと》だから癌も腫瘍も違いがわからない。癌とはどういう病気でというところから説明をした。少しでもその病気を正しく伝えることで、「死にいたる病」という固定観念を拭《ぬぐ》い去り、気分を明るくすることだけを願っていた。

二十三日はシドニーオリンピックのサッカー、日本―アメリカ戦。二対二で延長になり、それでも決着がつかずにPK戦になって、中田英寿が一本はずして敗戦。翌日はマラソンで高橋尚子が金メダルを獲得した。

サッカーは裕子と一緒に最後まで観《み》た。ルールもほとんど知らない彼女だが、いつものようにボルテージが高くなり、二人で盛り上がった。二人とも、なんとしてでも盛り上がりたがっていた。

ああ寒いわたしの左側に居てほしい

河野裕子の手術は（二〇〇〇年）十月十一日と決まった。九月二十二日に乳癌《にゅうがん》と診断されてから、二十八日と十月五日に再受診し、診断の確定、そして手術の日取りと注意などを聞いている。

九月二十八日　はれ　病院へ。紅がつき添ってくれる
この椅子《いす》にこれから何度座るのだらう背もたれのない黒い丸椅子
河野裕子『日付のある歌』

夜、永田に紅が説明してくれる。病気の進行度と術式の理解、再現力に驚く

「ああ」と言ひ「うん」と肯《うなづ》き茶をすすり「体力つけろ」と言へり黙せり

診断の結果は、稲本俊教授に私が直接電話をして、すでに聞いていた。紅の説明のとおりであり、何も隠さず説明がなされていることを知って、ほっとする思いであった。隠さず説明がなされるということは、それほど心配しないでいいことなのかもしれない。

当時私の研究室で博士論文のための研究をしていた形成外科のNさんによると、稲本教授の手術はほとんど芸術的とも言える巧みさで、傷跡などもじつに美しいとのことであった。こうなればその手術を信頼するだけである。

十月五日　病院へ。紅と

われながら可笑《をか》しな所に座りをり待合室で選歌するなり　　裕子

十月五日（木）病院へ。母の手術の説明を聞く

第二外科待合室に山羊《やぎ》うさぎロバの出てくる絵本を読みつ

永田紅『北部キャンパスの日々』

十月五日の説明の日には、私は秋田大学へ集中講義に出かけていた。前日の四日から三日間のスケジュール。

河野も四日にはNHKテレビで担当していた「NHK歌壇」の収録のため、東京へ日帰りで行っている。ゲストはオーストラリアの詩人でアメリア・フィールデンさん。河野の歌集の英訳をしたいと何度かわが家にも来られた方である。その後も、河野の歌集を多く英訳され、出版されている。

二人ともなんとも慌《あわ》ただしい日々である。診察前に待合室で選歌をしているのには、今さらながらあきれる思いでもある。しかし、いっぽうで選歌は常に河野裕子の精神安定剤としても作用したように思う。肉体的、精神的に落ち込んだとき、選歌は河野に精神の平衡と、日々の営みへの自信を生み出すようであった。そして、このとき以降の病院通いの日々、待合室は常に河野の選歌の場であったようにも思う。

さらに八日には一人で鳥取へも行っている。大伴家持《おおとものやかもち》大賞という短歌のコンクールがあり、その選者をしていた河野は、毎年この頃鳥取の国府町へ出かけ、授賞式と懇親会へ出て、一泊してくるのだった。さすがにこの時は、懇親会はパスして帰ってきたが、これも二日後の手術を考えるとなんとも強行軍である。

手術前日。河野は手術後に備えて、原稿を書いていた。その夜はテキスト「NHK歌壇」のための原稿。NHK歌壇の選者になると、毎月の選歌・選評の他に、巻頭のエッセイの執筆も求められる。十二月のテーマが日本酒ということで、十日には取材をかねて、近くの酒屋へ一緒に行った。「NHK歌壇」二〇〇〇年十二月号のエッセイ「日本酒」は次のような書き出しである。

「肌寒さを感じる季節になった。酒がうまい季節である。酒は一年中うまいが、やはり寒さに向かうこれからが何と言ってもいちばんだ。

私はそんなに酒好きでもないし、量も飲めるほうではないが、近頃各地に行く仕事が多くなり、それにつれてお酒を飲む機会もふえた。いろいろな地酒を飲むうちに、私なりに何となく酒の味が分ってきたような気がする。そうすると、酒屋に行くのがたのしくなる。一升瓶《いっしょうびん》がずらりと並んだ棚を見上げて、あれこれ思案する楽しさ。それは、瓶に貼《は》られた銘柄を読む楽しさでもある。

実に多くの銘柄があると感心する。一つの村や町には、必ずその村や町の地酒があるといっても過言ではあるまい。それぞれの地酒の銘柄の多彩さ。命名にも系統があって、たとえば、米どころ新潟の酒は、越《こし》の○○と、産地を付けた地名型。鶴《つる》亀《かめ》や七福神、松竹梅を取りこんだ招福型。露、雪、花、鳥の名などの花鳥風月型。花の名では、菊、萩《はぎ》、桜、牡丹《ぼたん》が多い。鳥は、雅《みやび》な鶯《うぐいす》か、勇ましい鷲《わし》や鷹《たか》。色彩では、圧倒的に白。（略）

その土地その土地の水があり、米があり、そこでしかできない酒、そこでしか飲めない酒があることを、いろいろな銘柄を眺めながら改めて思う。」

（河野裕子『うたの歳時記』、白水社、二〇一二年）

のんびりと、いかにも楽しそうな酒の銘柄談義である。そのあとに、日本酒を詠《よ》んだ短歌を八首ほどあげて鑑賞している。普段の文章となにもかわるところのない文章である。これが手術の前日の文章であることに、少し驚くが、その文章を書き終えたあとに、次のような歌がある。

原稿を書き終え仕舞湯に。外は雨。午前二時

明日になれば切られてしまふこの胸を覚えておかむ湯にうつ伏せり　　裕子

藪《やぶ》に降る雨音のなかに過ぎてゆく朝までの時間無傷に残れり

眠られずハルシオンを酒で嚥《の》みこむ

わたしよりわたしの乳房をかなしみてかなしみゐる人が二階を歩く

原稿を書き終えたのが午前二時。その夜は一緒に湯に入ることをしなかったが、ひとり湯船に浸《つ》かりながら、ひしひしと「明日になれば切られてしまふ」乳房のことを思っていたのだ。せめて自分だけは「この胸を覚えておかむ」というひとり言が切ない。数日前には、

阿呆らしくかなしいことなり形よき左の乳房を切ることになる　裕子

あと何日おまへは私でゐられるかきれいだつたねと湯にうつ向けり

という歌があった。左の乳房のほうが形がいいとはいつも言っていたことだが、より

によってそちらが切られてしまう。「あと何日おまへは私でゐられるか」は、その左の乳房に向かって言っているのである。何日かすれば、私のものであった「おまへ」は、私から切り離されてしまう。「きれいだつたね」は、せめてもの慰めであり、精一杯の鼓舞でもあったのだろう。

わが家の裏手は竹藪である。庭にも竹がはえている面積が大きいが、裏の竹藪はかなり込み合っている。風呂《ふろ》の窓を開ければ、すぐその竹藪につながっている。竹藪に降る雨の音は気分を滅入らせる。竹に降る雨の音を聞きながら、二首目では河野は「朝までの時間」を思っている。朝になれば切られてしまう乳房。自らの胸が「無傷」のまま残っているのは、朝までのわずかな時間。エッセイでは呑気《のんき》な風を装《よそお》っていたが、不安の影は覆《おお》うべくもない。

常々不眠症をかこっていた河野であったが、その夜はいっそう眠れなかったのだろう。「ハルシオンを酒で嚥みこむ」などという無茶をやりながら、不安な時間をやり過ごそうとしていたのだった。

ハルシオンはよく効く睡眠導入剤であるが、今では精神に及ぼすその副作用が指摘されて、使われることが少なくなっているようである。が、その頃は、多くの医師も、当然私たちも、それを知ることはなく、河野はその効果の強さからハルシオンを愛用していた。それが後年の彼女の精神的均衡の破綻《はたん》にも遠くつながっていたのだろうと、いま私たち家族は思っている。

先の三首目では、二階で仕事をしている私の足音を、眠ろうとする河野が聞いている。「わたしよりわたしの乳房をかなしみて」と言い、「かなしみゐる人が二階を歩く」と重ねているところが歌としての見どころである。

河野の不安はまた私の不安でもあった。彼女のかなしみはまた私のかなしみでもあった。しかし、先の歌は、彼女がひたすらそのことを信じ込もうとしているところが切ないのである。私の気持ちを確かめることもなく、きっと「わたしよりわたしの乳房をかなしみて」いるはずだと思いこみたかったのだろう。それは正しいが、そう思いこみたがっていたところに、この歌のかなしみはある。

手術当日、私と河野とはばたばたと家を出た。朝になって入院に必要な書類にまだ記入していないことに気づき、慌《あわ》てて書くという始末である。京大病院の四階のデイサージャリー（日帰り手術）室へ向かうと、河野はすぐに病室へ入り、麻酔の準備が始まった。「身体《からだ》だけ残してどこかへ行かむとす術衣の人らに手足縛られ」（裕子）とその時のことを詠んでいる。

私は、その間、執刀の稲本教授から説明を受けた。全摘手術になるか温存手術になるかは半々の可能性ということであった。手術中はその場に居ても仕方がないので、そのまま再生研まで歩き、自室で仕事を片付けることにした。

手術は意外に早く終わり、昼過ぎには電話がかかり、終わりましたのでお出《い》でくださいと言う。急いで行ってみると、手術室のすぐ外側の回復室にベッドが二つ置かれ、それぞれ手術を終わったばかりの患者が、麻酔の醒《さ》めないままに並んで眠っていた。河野はまだ麻酔から醒めず、呼びかけにはかろうじて応じるものの、話はできなかった。

十月十一日　はれ

君のこゑ聞けどふらふらと海月《くらげ》なり陽あたる遠浅をゆき戻りして　裕子

この歌はもちろんあとから作られたものだが、このあたりが河野の歌のとぼけたおもしろさでもある。「ふらふらと海月なり」は意識の醒め際《ぎわ》を詠《うた》っているが、ちょっといたずらっぽい表情の歌でもある。

その横で、稲本先生から手術の説明を受けた。低いテーブルを挟んで腰をかけた。

テーブルにはいま取りだされたばかりの組織が、組織皿《バット》の上に無造作に置かれ、なまなましくもリアルである。窓の向こうに東山が見え、いつも見慣れているはずの大文字山（如意《によい》ヶ岳《だけ》）が、今日は妙によそよそしい。

切りだされし君が乳房の裏側の組織小さし組織皿《バット》のうえに

永田和宏『風位』

向こうには麻酔の醒めぬ人眠り主治医しずかに経過を話す

左乳腺の三分の二切除で、全摘をまぬがれる。腋窩《えきか》リンパ節も八個摘出

摘出されしなかの三個は明らかに腫瘍性《しゆようせい》なり母指頭大《ぼしとうだい》の

手術は術中検査を含めて、取れるだけのものは取ったが、乳腺《にゆうせん》の先端については、そこに癌細胞が残っているかどうかは、その時点でははっきりとはわからないとのこと、またリンパ節にも転移があることから、今後の転移の可能性についても否定はできないと、淡々と話された。

私は医者ではないが、基礎研究者として、かつては日本癌学会にも所属し、癌特別研究の計画班長なども務め、いちおう癌のことはある程度はわかっているつもりである。心算《つもり》ではあったが、やはり妻の切除片を横にしての説明は、心穏やかに聞けるものではなかった。

麻酔からの回復を待って、午後の三時ごろに病室へ移動した。さっき手術が終わったばかりなのに、もう本人が歩いて病室へ向かうのである。

同時に乳癌の手術を受けていたオオヤギさんという八十過ぎのお婆《ばあ》さんが、術後ハイで自分の人生をしゃべりやめなかったと、そしてその話がまたおもしろかったと、歩きながら河野が話す。オオヤギさんの術後ハイを言いながら、河野もやはり術後ハイだったのだろう、病室へ着くまでしゃべりやまなかった。

回復室のガラス扉《ど》押せば聞こえきて汝《な》が声高き笑いなにごと　　和宏

はしゃぎやまぬ君の不安はわれの不安病室までの距離をもてあます

夕方、少し河野が落ちつくのを見計らって、紅がやってくるのと入れ違いに、私は横浜へ出発した。そして、夜になって紅が帰るのと入れ替わりに、息子の淳《じゅん》が病室へやって来る。

夜、紅帰る。入れ替りに淳が来てくれる。発熱、氷枕《こおりまくら》をいれてもらう

母親はこんな時にも愚かなりしづかな息子にまだ何を言ふ　裕子

こうして一日のうちに夫が、娘が、そして息子がかわるがわる病室を訪れ、その点では河野は幸せであっただろう。翌日は腹部超音波、骨《こつ》シンチの検査。息子の淳が付き添い、その日のうちに淳の車で退院ということになった。河野はそのことを喜び、かすかな誇りをも感じていたようである。同じ手術後の検査でありながら、「八十四の大八木《オオヤギ》さんはひとりなりボランティアに押され車椅子で来る」（裕子）と、来てくれる人もいない大八木さんを思い、自分と較《くら》べている気配である。

しかし、いくら子供たちが替わりばんこに詰めてくれる、世話をしてくれるからといって、私が手術当日、京都を離れて出張するというのは、やはりあまりにも思い遣《や》りに欠けたことだったと言わなければならない。

横浜出張は、日本生化学会の、年に一度の大会であった。毎年違った場所で開催されるが、七千人ほどが出席するので、会場は自ずから限られてくる。その年は横浜の「みなとみらい」が会場であった。普通なら当然出席を取りやめただろうが、私は京都大学医学部の月田《つきた》承一郎教授の特別講演（正確にはマスターズレクチャー）の座長をすることになっていた。

月田さんは、細胞接着の分野で世界的な仕事をしておられる歳若《としわか》い友人であった。若くはあってもサイエンティストとして私の尊敬する一人であり、その座長を依頼されて、年の初めには了承していたのであった。代役の立てがたい役目でもあったのと、大した手術ではないのだしという思いから、そのまま大会へ出かけたのである。その月田承一郎さんが、この年から五年後に膵臓《すいぞう》癌で、五十二歳という若さで亡《な》くなってしまうとは、誰もが考えもしないことであった。日本細胞生物学会の機関誌に、私は長い弔文を記した。

手術直後の妻を残し、横浜へ行って二泊。当然のような顔をしながらも、「骨シンチ受けいる頃なり横浜のみなとみらいになぜわれは居る」という歌を私は作っているから、まるっきり平気というわけではなく、やはり河野に対して後ろめたい気分はあったのだろう。しかし、もちろん河野はこのことについては何も言わなかった。

この年の十月、河野の手術の前後は、私にはいつにも増して忙しい日々が続いていた。横浜から帰って翌土曜日は熊本へ短歌のシンポジウムに出かけた。これは紅も何かの役割があり、出席したようだが、別々の行動で、私は河野が待っているので日帰りであった。十六日にはドイツからの客を迎えて研究室《ラボ》でセミナーをしてもらい、翌日は東京で俳人の有馬朗人《あきと》さんと対談。さらに一日おいて、名古屋大学へ講演に行くといった具合である。いくらなんでも病人を家においての生活としては出張が多すぎるだろう。

翌週にはインドから研究者が短期滞在のため来日し、週末にはＮＨＫ衛星放送の短歌大会の歌会を主宰するため、丸亀へ飛んだ。翌日の日曜は塩尻へ、これは河野の代役として講演に行った。そしてその翌日からは九州で開かれる日本細胞生物学会の大会に出席。当時、私は細胞生物学会の英文機関誌の編集長であり、出席は義務でもあった。短歌関係のイベントへの出席は快く了承していた河野であったが、サイエンス関係への出席となるとそこには若干の温度差がある。

十月三十日　雨　永田、細胞生物学会のため九州へ。十一月二日までの予定

しんどがる私を置いて出でてゆく雨の中に今日も百の朝顔　　裕子

いまこの一首に気づいて、実のところ私は愕然《がくぜん》としている。なぜもっと早くこの一首に萌《きざ》しはじめた河野の不安、不満、不信に気づいてやれなかったのか。

しかし、当時私たちは、意地でもこれまでと同じスタンスの生活を維持したいと願っていたような気がする。病気を過大視したくない、これは大変だと思ってしまえば、それで病気に負けてしまうような気がしていた。なんのこれしき、と思いこみたがっていた。

事実、河野も手術ののちも、それまでの生活を変えようとは決してしなかった。翌月の十一月には、息子の淳が車椅子を押して、NHK歌壇の収録にも出かけたのである。ゲストは鶴見俊輔さんであった。東京駅では駅員に誘導され、ほとんど誰も知らない地下の迷路のような所を通ったのだという。淳がついて来てくれることを喜び、息子につき添われて収録に行けることを誇らしくも思っていたようだった。スタジオでも、そんな手術をした人とは誰一人思わないような快活さで、番組収録を終えてきたのである。

そのような河野の日常生活の変らなさにも助けられて、私もそれまでと同じような生活を続けたのだったが、それはやはり彼女には寂しいことであったのだ。「しんどがる私を置いて出でてゆく」には、当然私への恨めしい気分が漂っていようし、下句で西洋朝顔(ヘヴンリーブルー)へと歌の転換をはかっているが、そこで言いたかったことは、今ならもちろんよくわかる。せめて、こんなときには傍にいて欲しい。その単純なひとつ事さえかなわない自分たちの生活に、一方では十分満足し、手ごたえを感じつつ、一方で自分ではどう処理しようもない寂しさを抱え込んでいったのかもしれない。

ああ寒いわたしの左側に居てほしい暖かな体、もたれるために　裕子

茶を飲ませ別れ来しことわれを救える

河野裕子に乳癌《にゅうがん》がみつかり、手術をした同じ年、二〇〇〇年の十二月に、私はサイエンスの師とも言うべき市川康夫先生を喪《うしな》うことになった。膵臓《すいぞう》癌であった。

市川先生は、結核胸部疾患研究所の教授であり、高松宮妃癌研究基金学術賞を受賞するなど、癌の研究者として学会でもよく知られた学者であった。

私は京都大学を卒業したのち、森永乳業中央研究所で足掛け六年働いたが、二十九歳のとき、思い切って森永をやめ、京都大学へ戻った。

森永時代、休暇を利用しては、京大のウイルス研を訪ね、市川先生に研究の相談をしていた。企業にいながら、サイエンスを本気でやりたいと思っている奇特な若者がいると思われたのだろう、市川先生は、いまから考えると冷や汗ものの幼いデータにもいちいち目を通し、一緒に考えてくださった。企業にいながら、五年ほどのあいだに、二つの論文を国際誌に出すことができたのは、市川先生の期待に応《こた》えようとそれなりに頑張った結果だったのかもしれない。

一九七六年の秋、市川先生がウイルス研助教授から、結核胸部疾患研究所教授になられたのと同時に私も京都へ移ってきた。

二十九歳。会社員としての安定した生活から、一転して無給の研究員になったわけである。妻があり、三歳の淳《じゅん》と一歳を過ぎたばかりの紅《こう》を抱えての失業である。何年か無給ででも頑張れば、そのあとは保証されるといった職業ではなかった。市川先生も、数年頑張って、あとは外国へでも行けばいいかくらいのアバウトさで引き受けたのであるらしい（これはあとから聞いた話）。

なんとも無茶な選択である。無責任と言えばそうだし、およそ妻子持ちの男のすることではないだろう。しかし、不思議に悲壮な思いはなかった。このあたりがどこか突き抜けて楽天的なのである。なんとかなるさ、という思いのほうが強かった。

この選択には、河野が東京では暮していけないことが徐々に明らかになってきたことも大きな要因だった。滋賀県の広い空と緑のなかで育ってきた彼女には、東京の騒音と暗くなり切らない空、そして人の多さは、精神的に大きなダメージとして表われはじめていた。ふさぎこむことも多くなり、高校時代の休学の体験、私と付き合いはじめた頃の不安定な精神状態を考えると、彼女のためにも早く東京を離れたほうがいいことは明らかだった。

考えてみると、私の生涯のうちで、何か自分で大きな選択をしたというのは、この一回きりだったような気もする。どんな場面でも何らかの選択をしつつ人間は生きているのだろうが、人生のその後を左右するような大きな選択の場面というのはそうはないのだろう。この選択はまちがいなく、私の人生を決めた選択であった。

京都へ移って、最初にやった仕事は、職業安定所に通うこと。職業を紹介してもらうためではなく、失業手当を受け取る手続きをするためである。交付期間が半年であること、そのあとの目途がまったくついていなかったことに気づいたときは、さすがに、じわっと背筋が寒くなるような不安を感じたものだ。

大学に戻り、研究者として生きていくと決心したのだから研究に専念するのは当然のことであり、事実、研究はとても楽しかった。市川さん（生前は、ずっと市川さんで通していたので「さん」と呼ばせていただくが）から、やってほしいと言われたテーマは、白血病の細胞が、正常な細胞に変わるとき、もともと運動能力を持っていなかった白血病細胞が運動能力を獲得する。このメカニズムを調べてくれという、まことに大まかなテーマであった。

市川さんにもどうしたらその問題に迫れるのか、まったく道筋は見えていない。どういう方法を採用するかまで、研究の内容はすべて私にまかせっきりであった。こんな放任主義というか、無責任さが快かった。今の学生や大学院生に、こんなアバウトなテーマを与えたら、あの教授は何もしてくれないと反発を受けるのは必至だろう。

取りあえず文献を読みあさるところから始め、いったん方向性が決まると、あとは手と身体を動かすのみ。研究というのは、まさに体力勝負なのである。

研究の内容をあれこれ指示されることはなかったが、市川さんとは、もっぱら雑談をするのが楽しみであった。夕方、実験が一段落すると、教授室のソファで取りとめもなく雑談をするのである。日課のようであった。

今から考えると、教授である市川さんがどうしてあんなに時間があったのか、現在のわが身に照らして不思議な気もするが、部屋へ行けば必ずつきあってくださった。私が行くのを待っていたというほうが正解かもしれない。

サイエンスの話ばかりでなく（本当はサイエンスの話はほとんど無く、というのが正しい）、市川さんの周りの研究者のエピソードや、映画の話、いま市川さんが読んでいる小説の話、なんでもかんでも取りとめもなく語りあったものだった。興が乗ると二人で飲みに出ることもしばしばであった。二人とも金の乏しい時代。二人あわせても勘定が足りなくなって、研究室まで取りに走ったこともあった。私の方はたいていまた研究室に戻って、実験の続きをやっていた。

さすがにそんな蜜月《みつげつ》の時期は二年ほどであっただろうが、夕方の雑談の時間は、私にとっても、そしておそらく市川さんにとっても一日のもっとも楽しい時間だった。

市川さん自身も、「永田君が、それまで勤めていた森永中央研究所の月給を捨てて飛び込んできた。研究上のことは言うまでもないが、文学を語りうる友を彼に見出《みいだ》した時はほんとうに嬉《うれ》しかった。」と、その著『山なみ遠《とお》に――僕にとって研究とは』(学会出版センター、一九九〇年)で書いておられるが、師と弟子という関係ではなく、ちょっと歳《とし》の離れた友人という風だっただろうか。

京都大学に移ってからの数年が、私にとってはもっとも仕事量の多い、充実した期間であったのかもしれない。高校生を対象にした塾の、物理の講師をして生活費を稼ぎ、いっぽうで、この頃から目に見えて多くなってきた歌や評論の注文をほとんど断わらずに受けた。無給になってまで、研究生活を始めたのだから、もちろん仕事の手を抜くことはできない。研究室をその日のうちに出ることは、ほとんどなかったような気がする。深夜、十二時や一時を過ぎてから、ラボを出るのである。

「当時、京都御室の三軒長屋の真ん中に住んでいて、大学に戻った夫は研修員という肩書きは名ばかりのもので、無給であった。生活のために塾の講師をしていたが、毎晩帰ってくるのは夜中。食事をしてから、コーヒーミルを足の間に挟んで豆を挽《ひ》き、それから歌をつくったり評論を書いたり。わたしのほうは、昼間の子育てでへとへとになっているけれども、負けちゃいられないと同じように櫓炬燵《やぐらごたつ》にへばりついて歌をつくっていた。

ふたりとも、切羽詰って時間も体力も足りなかった。すると、必ずケンカになる。そんな時、子どもが目をさまして泣き喚《わめ》く。とは言っても、わたしの原動力のもとは子どもたちであり、子どもが自分なのか、自分が子どもなのか、わからなくなる。子どもの幼年時代というものはほんとうに短い。こんなに子どもと一体になって、思い切り感情を爆発させていられる時代もまた短い。とにかく、必死であった。」

（「自歌自注」、伊藤一彦監修『シリーズ牧水賞の歌人たち Vol.7 河野裕子』、青磁社、二〇一〇年）

二足のわらじならぬ、三足のわらじといった風であったが、自ら望んで択《えら》んだ境遇である、苦しいと思ったことは一度もなかった。数年のうちに研究はいちおう順調に推移し、研究論文も海外のこの分野のトップジャーナルにいくつか掲載された。京大に移って二年後に博士号を取り、幸運にもその翌年には講師のポストを得ることになった。

一九八四年五月にアメリカの国立衛生研究所（NIH）にある、国立癌研究所（NCI）に留学することになった。前年の暮れごろ先方から、客員准教授《じゅんきょうじゅ》として来ないかという打診を突然受けた。その時はほとんどそんな気もなかったので、いったんは断わったのだが、それを市川さんに言うと、「行くんなら、わしの眼の黒いうちに行ってくれ」と、なにやらよくわからない言葉が返ってきた。行くんなら今のうちだよ、という言葉には、市川さんのひそかな決意があったのだということは、後になって知ることになった。

市川さんには変に潔癖なところがあって、研究所の教授というのは、五十五歳で辞めるべきだという五十五歳定年説を持説として唱えていた。五十五歳を過ぎた頃、「もう（五十五歳を）過ぎたけれど、どうするんですか？」などと憎まれ口を叩《たた》いていたのだが、市川さんの決意は、そんな悠長なものではなく、もっと切羽詰ったものであったことは、後に『山なみ遠に』で知った。研究所の教授が、実験結果に興味を持てなくなり、研究についていくだけが精いっぱいになっている状況に、自身が我慢できなくなっておられたのであろう。定年前に辞めると豪語する人は多いが、実行してしまう人はほとんどいない。私が留学中にほんとうに辞めてしまわれた。

アメリカでの研究生活は快適であった。コラーゲンの合成に関係する、まったく新しい分子を発見し、二年間で五報もの論文が出た。アメリカでのボス、Kenneth M. Yamada 博士も、もう少し居ないかという雰囲気だったので、思い切って日本に手紙を書いた。「もう一年延長したい」。

間髪を容《い》れず（と、言ってもその頃は二週間ほどかかったが）返ってきた市川さんからの返事は、「ブルータス、お前もか。居たければ居てもいいが、一生居ると思え。」であった。もうこの頃には、京都大学を辞めることを決心しておられたのだろう。

仕方なく、一九八六年五月、後ろ髪を引かれる思いで帰国したとき、その一ヵ月前に市川さんはノートルダム女子大学の教授として、転出しておられた。屋根に上がって梯子《はしご》を外されたような気分である。幸い、私自身は帰国したその年、京都大学の教授に採用された。三十九歳の秋であった。

己が死を覚悟してむしろ明るきかみみず文字簡潔に癌を伝え来
　　　　　　　　　　　　　　　　　　　永田和宏『風位』

　突然、市川さんから自らの癌を伝える葉書が来たのは、二〇〇〇年の一月ごろであっただろうか。いつものようにミミズが這《は》ったような小さな字であったが、いたずらを見つけられた子供のように、「そろそろばれそうな状況になって来たので白状します」と書き出されていた。

　そこには自分の癌が予後の悪い膵臓癌であること、手術はうまくいったので、あとは放射線療法、免疫療法を試してみるなどのことが淡々と記されていた。「老醜もこのあたりでとの天の配慮かもしれません。痛くなく死にたいものです。お元気で」と結ばれていた。

　前の年の暮には、私が主催した国際会議にひょっこり現われたのだった。旧知の友人たちも多く居て、久闊《きゅうかつ》を叙しながら、一緒に昼飯を食ったのだったが、市川さんは、ちょうど食べてきたところだからと言って、ほとんど手をつけなかった。別段気にもとめなかったが、その時には癌の診断がくだっていたはずである。すでに研究からは身を引き、名誉教授となっておられたが、弟子が主催する国際会議だからというので、私への最後のはなむけのつもりで来られたのであっただろう。

癌をその予後の悪さを語りつつ強いて明るき声をただ聞く　和宏

免疫療法の限界を互《かた》みに論じおればゼミの日の君の口調となれる

癌研究に多少とも関わっているものとして、悪性黒色腫《こくしょくしゅ》、膵臓癌、小細胞肺癌のむずかしさはお互いに改めて言わずとも既知の事実である。特に膵臓癌が、たとえ手術がうまくいっても、一年を越すのがむずかしいのは私たちにはよくわかっていた。見舞いに行って、病室で病気の話をしていると、見舞いということも忘れて、昔のようにサイエンスの議論をしているような錯覚に陥ることもあった。

最後まで残りし弟子か最期《さいご》まで看取《みと》れることを喜びとして　和宏

なにもかも知りたまうゆえ何も言えず何も言わざるやすけさに居つ
もうすぐ死なねばならぬ人より逃れくれば石に時間をもてあます亀

市川さんは、ある意味で人づきあいの下手な人であった。人あたりはいいのだが、どこかに頑《かたく》ななところ、妥協できないところがあり、好き嫌いが激しかった。「不機嫌がすぐ表情にあらわれるそこが青いと妻は批判す」（『日和《ひより》』、砂子屋書房、二〇〇九年）という歌を作ったことがあったが、私にもそれは共通するところだったかもしれない。好きな人はとことん好きだが、嫌いな相手にはにべもない。市川さんの近くに、弟子と言える人たちも多くは残らなかった。病気を聞いてからは特に、私だけは最期まで横にいなければと強く思った。

せつぱつまつて電話をかけし日もありき永田が疲れもの言はざりし日
河野裕子『日付のある歌』

永田君のデータはきれいと書きくれし二十四年前ももじやもじやの文字

河野のこの歌は九月四日に作られている。なぜこの日に市川さんの歌が作られたのか今となってはわからないが、若い頃、河野が市川さんを頼みとしていたことは確かであった。市川さんに何かあれば、無給の私、そして家族が路頭に迷うことは必至。そんな心配なんてしなくていいよと笑い飛ばしていたが、彼女なりに将来への不安は振り払いがたくあったのだろう。

疲れきって、帰宅しても話をする気力も出ない私を心配し、市川さんに電話したことがあったことは、市川さんから聞かされた。かつて頼みの綱としていた市川さんからの葉書に、二十四年前の自分たちを重ねて思っていたのだろう。

師と呼べる最後のひとり死ににけり遺影となりて笑いつづける　　和宏

「市川さん」と呼びいたりしがいまここに眠れる人は先生と呼ぶ

通夜《つや》、葬式ともに、私が委員長として采配《さいはい》を振ることになった。市川さんの遺言で読経《どきょう》の代わりにシューベルトの「死と乙女」を流してくれというので、前日にCDを買いに走ったりもした。学者仲間も多く参列されたが、ノートルダム女子大のコーラス部の学生たちが多く参列し、出棺のとき、みんなが泣きながらレクイエムを唱《うた》って送り出したのは、感動的であった。市川さんが顧問として愛してやまなかった、コーラス部の学生たちである。

私は生まれて初めて弔辞というものを読んだが、そのなかで、最後に市川さんを見舞ったときのことを述べるくだりで、絶句してしまった。私は偶然にも、亡《な》くなる前日、十二月二十日に京都岩倉の洛陽病院に市川さんを見舞っていたのである。

冷えし茶を吸呑《すいのみ》に淹《い》れ飲ませたりグルリグルリとのどぼとけ動く　和宏

二十年師でありつづけ「永田君、吸呑に茶を」と言いて死にたり

まこと些細なことなりしかど茶を飲ませ別れ来しことわれを救える

大部屋の窓際《まどぎわ》のベッド。衰弱は著しく、ベッドからは起き上がれない状態であった。窓から山の端を見上げて、「もうすぐ二十一世紀ですねえ」と言ったら、「それまでは

無理かもわからんなあ」と言われて、言葉に窮した。人間は、最後は全身で死ぬものだと痛切に思った。

見舞うのはこれが最後かも知れない。一度は市川さんに言っておかなければならない言葉があった。「ありがとうございました」というひと言である。私がなんとか学者として生きてこられたのは、まさに市川さんという存在があったからである。そのことだけは言っておきたかった。

しかし、どうしてもそのひと言が私の口からは出せなかった。言ったらお終《しま》い、それは別れの挨拶《あいさつ》になってしまうだろう。ベッドサイドで取りとめもない話をしているあいだ中、私はそのひと言のタイミングをはかっていた。しかし、どうしても言いだせない。

市川さんが「吸呑とってくれへんか」と言われたのを幸いに、茶を飲ませ、「また、来ます」と強いて平静を装《よそお》って、廊下へ出たのだった。その時、病室から突然市川さんの声が聞こえた。驚くほど大きな声だった。「永田君、ありがとう」。

叫んだというに近い声でもあった。何ということだ、私が言うべき言葉を市川さんに言われてしまった。市川さんも、二人で居るあいだ、必死にそのひと言を言うべきタイミングを探っておられたのだろう。そして、私と同じようにとうとうそのひと言が面と向かっては言えなかったのだ。

「ありがとうございました」。私も廊下から叫んだのだったが、こみあげてくる嗚咽《おえつ》のほうが強くて、それは声として市川さんに届いたかどうか。

これから死のうとしている人。その人への感謝の気持ちを伝えるということがこれほどむずかしいものであるとは。

容態はその夜に急変し、明け方近く、亡くなった。十二月二十一日、あと十日で二十一世紀という冬至の日であった。

助手席にいるのはいつも君だった

手術後、河野裕子は放射線療法に入った。週に二度か三度程度だっただろうか、京大病院へ通った。コバルト照射が二十五回、リニアック（X線照射）が五回。年を越して、一月九日まで続いた。

天国の青《ヘヴンリーブルー》競い咲けるを朝ごとに見て君とゆく放射線治療《レディオセラピー》　永田和宏『風位』

紫の濃き線をもて描かれし君が乳房の標的の位置

ナスカの地上絵のようだとわが言えば君は頷《うなず》く鏡のなかに

照射そのものの副作用はさほど強くなく、髪が抜けたりということはなかったが、床に引かれた紫色の線を辿《たど》って放射線科のある地下への階段を降りていくのは、もちろん気分のいいものではない。その年、初めて植えた西洋朝顔のヘヴンリーブルーが年の終わるころまで、朝ごとに数知れない薄青い花を咲かせつづけた。その花を潜《くぐ》るようにして、門から外へ出た。本来なら感嘆に値するような豪華にひらく花々も、あまりにもしぶとく、多くの花を咲かせつづけることで、何か不吉な気分にもなるのだった。照射の目印をつけるために、X線などのデータを参考に、乳房に幾本もの紫の線が引かれる。帰って風呂《ふろ》に入るときなどに、その生々しい紫にぎょっとさせられる。思わず「ナスカの地上絵みたいだな」と言ったら、河野は何も言わなかった。覚えているだろうか。

「紫色の線を丸や放射状につけられて家に帰った私を見て、『お母さんには見せられないな』と永田が言ったときはわれながら情けなかった。」（「癌《がん》を病んで」西日本新聞、二〇〇二年十二月十六日）と河野が書いているが、こっちのほうは私には覚えがない。

六月二十九日は東京で、現代歌人協会の総会に裕子と一緒に出席した。娘の紅が第一歌集『日輪』で「現代歌人協会賞」を受賞することになり、その授賞式があったのである。

「現代歌人協会賞」は歌壇の芥川賞とも言われる賞であり、新人の歌集を対象としている。河野は第二歌集『ひるがほ』で一九七七年に受賞していた。戦後生れで初めての受賞者であった。翌年には、私の第二歌集『黄金分割』が最有力候補になっていたそうだが、前年に河野が受賞ということで強く反対する委員があり、見送られたということをあとで聞いた。

このことを河野は、後年になるまで、事あるごとに悔しがっていたが、夫婦で歌人であるということは、確かにこのような場合には不利に働くものだ。そのことは私にも河野にも、のちのちまでいろいろな機会に実感されたことだった。

紅が受賞することになり、「現代歌人協会賞」始まって以来、初めての親子受賞というおまけがついた。何よりも紅の受賞を喜んだのが河野であったが、私たちの誰にとっても、殊《こと》のほかうれしい夜である。河野の乳癌という不測の事態に沈みがちであった家族の空気に、つかの間の爽《さわ》やかな風が吹いたという感じであった。

当日は息子の淳も京都から駆け付け、初めて歌壇の集まりに家族が一緒に顔を揃《そろ》えるという機会にもなった。黒いベルベットのワンピースを着た紅が清楚《せいそ》でなかなか美しく、河野の晴れやかさとともに、華やいだ雰囲気であった。手術以来、河野が多くの歌人仲間と顔をあわせるのは初めてだったが、不躾《ぶしつ》けに病状を尋ねる人も少なく、私にはそれがありがたかった。紅と淳は、パーティのあとの二次会にも出て、その夜は東京に泊まったが、私と河野は、最終の「のぞみ」で京都に帰った。翌日から二人でポルトガルへ出かけることになっていたからである。

この年、私は五月にスペインでヨーロッパ分子生物学連合のシンポジウムがあり、フランス国境に近い海辺のホテルに一週間滞在し、そのあとバルセロナに初めて行った。招待演者のなかで日本人は私ひとりであり、分野も私の専門分野であったので、ずっと会場に張りついていなければならず、河野を連れていく余裕はなかった。

しかし、そのひと月あとの学会は、ヨーロッパ生物科学連合の大会であり、参加者は千名余り、いろんな分野のテーマがあり、私は指名されたセッションで講演をしてしまえば、あとは比較的ゆっくり聞いていられる。彼女を連れ出すにはもってこいの学会であった。

河野自身はあまり気乗りしないようだったが、病気のことばかり考えているような生活から、息ぬきか、気晴らしをさせたかった。無理やり連れ出したと言ったほうが正確だったろうか。

前日の東京での授賞式とパーティ、翌早朝からの関西空港への出発と、手術後半年という時期を考えれば、無理な計画であったのかも知れない。初めから疲れていたようで、空港へのバスのなかでもずっと眠っていた。フランクフルトでは乗り換えに七時間も時間があり、私一人ならなんと言うこともないのだが、さすがに河野の状態を考えて、あらかじめ近くにホテルを取り、五時間ほど眠らせたりした。

リスボンでは一緒に講演会場へ行ったり、バイロ・アルトの丘や、アルファマ地区へ、京都の叡山《えいざん》電車のような小さな電車で行ったりしたが、彼女の疲れがひどく、ほとんど観光はできなかった。

たよりなき存在となりリスボンの夕日の坂を妻くだりくる　　永田和宏『後の日々』

まことに儚《はかな》げな存在であり、歩いていても生気というか、力が感じられなかった。シーフードレストランで山盛りのシーフードを堪能《たんのう》したことと、初めてファドを聴かせるレストランへ行き、意味はわからないながらファドの哀切な響きに心を動かされたことくらいがリスボンでの印象であった。

この旅では、どの場所にあっても、旅を楽しむというよりは、なんとか私についてきているといった彼女の健気《けなげ》さが哀れであった。

私は基本的にタフである。タフでなければ、ただでさえ仕事の量がきつい理系の、しかも実験系の研究者としてとてもやってこられなかっただろう。それだけではなく、いっぽうで歌に関わる仕事を本気でやってきた。自分の体力には自信があったが、裕子からよく指摘された欠点は、自分の体力を基準にものを決めすぎるところがあって、ハタ迷惑だというところである。

「あなたは自分が元気なものだから、横でへろへろになっている人があっても平気でいつまでも飲んでいる」と、よく私をなじったものだった。

「君の歩にあわせて歩くこの小《ち》さきボーヌの村を旅人として」という歌を作ったが、せいいっぱい気をつけて裕子をかばいながらの旅であったにもかかわらず、そもそも彼女を連れ出すということ自体が、私の配慮の足りないところだったのかもしれない。

この旅の顛末《てんまつ》は「はかなき歩み」(『もうすぐ夏至だ』、白水社、二〇一一年)に書いているので省略するが、「この旅では、どこに行っても、妻は病後のはかなさのなかにいた。インドやヨーロッパの各国、ずいぶんいろんなところに一緒に行ったが、このときの河野裕子は、存在感がとても稀薄《きはく》ではかなげで、いちばん悲しい旅であったかもしれない」という一節が、いまも私の心を痛く刺す。

助手席にいるのはいつも君だった黄金丘陵《コート・ドール》の陽炎《かげろう》を行く　和宏

河野裕子の第九歌集『歩く』が出たのは、二〇〇一年八月であった。発行日は八月二〇日となっていて、これは淳の長男櫂《かい》の誕生日に合わせている。

淳は、大学卒業後、「釣の友」という釣り専門の雑誌社に就職した。釣り記者となったのである。雑誌社といっても社長を含めて、全員で五名ほどという小さな会社。しかし、この雑誌は、単なる釣りのノウハウや情報を伝えるためだけの雑誌ではなく、日本でもっとも古い釣り雑誌の老舗《しにせ》なのであった。

かつては山本素石《そせき》や梅棹忠夫《うめさおただお》などもよく寄稿していたようだ。著書『逃げろツチノコ』などのツチノコ騒動、あるいはノータリンクラブの名で山本素石を知っている人も多いかもしれないが、山本素石は毛鉤《けばり》を使うテンカラの名人、それとともにみごとなエッセイの書き手でもあり、「釣の友」は彼の主な発表の場でもあったらしい。釣り雑誌というよりは、アウトドアスポーツのエッセイ誌のような性格も強いと聞いて、私や河野は淳の就職を喜んだものだ。

淳は入社した次の日から、もう取材に駆り出されたそうであるが、待遇も悪く、取材に行けば車のなかで寝泊まり、大晦日《おおみそか》に携帯電話をかけたら、いま男女群島の無人の小島で星を見ているなんてこともあって、相当過酷な労働であったようだ。しかし、彼は小学校時代から祖父に釣りに連れていってもらい、中学になるとひとりで琵琶湖へバスを釣りに行くなど、釣りはもっとも好きな趣味。きつくはあっても、充実した毎日であった筈《はず》だ。

バス釣りスポットだけにフォーカスした、琵琶湖バスマップをひとりでまとめたと持ってきたことがあるし、ある時には雑誌の表紙に、竿《さお》がみごとにしなって、いままさに大物を釣り上げようとしている写真が載り、これが淳の作品であると聞いてうなったこともあった。親としては、やり甲斐《がい》を感じながら充実した毎日を送ってくれていることがなによりうれしく、そんな過酷な労働でこの先、いつまで勤められるのかといった不安は、なるべく言わないようにしてきた。

一九九九年の十二月。この「釣の友」社が突如倒産した。くしゃくしゃになった最後の給料明細書をもって淳がやってきたのは、クリスマスの夜、二十五日の深夜だった。

ただそこに玄関に息子は立ちてをり寒いなりただ黙しゐるなり
河野裕子『日付のある歌』

父と子が黙し読み終へたたみたる給料明細書われは読みえず

「日付が変わろうとするころ、京都に着き、家に真っすぐ帰らずに実家に寄ることにした。／大きく深呼吸してから玄関を入ると、寝間着姿の父が出迎えてくれた。／父と母を前にして、食卓を挟んで座り、握りしめてしわくちゃになった給料明細を置き、会社が倒産したことを伝えた。両親は不意のことに虚をつかれたようであったが、その後ながく話をした。／どんなことを話したのかおぼろである。しばらく話していると急に涙があふれ、止まらなくなった。」
（永田淳「約束」、『家族の歌　河野裕子の死を見つめて』所収、文春文庫、二〇一四年）

なぜ淳が不意に泣いたのか、私はよく覚えている。

己が記事の雑誌に載らぬ悔しさにただ一度息子の泣きしその夜

和宏『後の日々』

本当に私のまえで泣いたのはあとにも先にもただ一回であった。彼がそのとき泣いたのは、自分が数カ月をかけて調べ、ゲラにまでなっていた初めての企画が本にならない悔しさに言い及んだときであった。

私自身は、会社の倒産にそれほど動揺したわけではなかったが、そんなにまで全力を尽くしてやってきたことがフイになってしまった息子の悲しみに自分を同調できないことがもどかしかった。安易な親の慰めなどでは解消できない、一個の男の悲しみがそこにあった。

紆余《うよ》曲折ののち、淳が「青磁社」という出版社を立ち上げたのは、二〇〇一年の春。歌集や句集を中心にという小さな会社であったが、私たち夫婦も、歌集ということでなら、少しは応援してやることもできるだろうと、淳の決心を後押しするような気持であった。そして、その最初の出版が河野裕子の『歩く』になったのであった。

『歩く』は一九九六年から二〇〇一年までの作品を収める河野の第九歌集である。歌集を作るとき、ひとつ困った問題が起こった。それは、河野のあとがきであった。

「二〇〇〇年秋に、乳癌の手術を受けた。今度の病気で最も身に沁《し》みたのは、歩くということであった。歩くという、全くあたりまえのことができなくなり、生身のはかなさと、健康の有難さを思わないではいられなかった。」

という一節が、「あとがき」にある。歌集名を『歩く』とした所以《ゆえん》を述べているくだりである。

歩くこと歩けることが大切な一日なりし病院より帰る　　河野裕子『歩く』

別のところでも、「これ以外には考えられなかった」と本人も述べているとおり、歌集名は最初から『歩く』に決まっていた。しかし、ここではたと困ったのは、その文中に「乳癌」という事実を書いていることであった。

河野が乳癌という診断を受けたとき、家族でそれを公表するかどうかを話しあった。

「永田は『ともかく隠し通せ』という意見でしたが、私は『歌壇』に一日一首を必ず作るという『日付のある歌』を連載の真っ最中でしたでしょ。『私は短歌の中で全開してきた人間です。隠し事があっては歌はできません』と永田に言ったんです。『あなたがそう思うならそれでいい』と言ってくれました。」

(河野裕子『歌人河野裕子が語る私の会った人びと』、本阿弥書店、二〇〇八年)

「ともかく隠し通せ」は誇張されすぎで、だいぶニュアンスが違っている。私が公表に躊躇《ちゅうちょ》したのは、みんなに病気を憐《あわ》れまれつつ、彼女の作品がバイアスをかけて読まれることがいやだったことが大きい。加えて、世間的には、癌と聞いただけで、ああの人はもう長くないと思われがちであるという危惧《きぐ》がもういっぽうにあった。作品の依頼や、種々の賞への影響なども心配せざるを得ない。

河野は、戦後生まれの代表として、一貫して歌壇の先頭を走って来た歌人である。当然のことながらやっかみや嫉妬《しっと》の対象でもあった。一家全員が歌人ということも、羨望《せんぼう》の的である以上に、やっかみ半分に揶揄《やゆ》されることも多かった。癌であると告白することは、少なくとも歌壇をリードしていく存在からはドロップアウトすることにもなるだろう。手術さえすれば、治る可能性が高いものであり、できればそのことは歌にせずに様子を見た方がいいのではないか、というのが私の考えであった。

河野の意見は最初から決まっていたようだった。断固、公表する。それでなければ自分の言葉が濁る。これは正当な決意であった。河野がそう決心しているなら、私に反対する理由はなかった。その判断は正しかったといまでも思っている。特に、再発をして以降の、歌人としての河野裕子の最後のまっとうの仕方を考えるとき、あそこでもし、自らの病を作品化していなかったら、歌人河野の後世の評価はおのずから違ったものとならざるを得なかったかもしれない。

しかし、いざ歌集出版ということになり、この歌集が河野の母親の手にも渡るということに気づき、私たちは頭を痛めることになったのである。

河野の母、河野君江《きみえ》も歌を作っていた。その前年に、すでに第一歌集『七滝』（短歌新聞社）を刊行したばかりであった。私が帯を書いたりもした。当然歌集は送らなければならないが、母親にはまだ乳癌のことは話をしていなかったのである。

「わたしが十八歳のときに病気のために一年休学したとき、母は見る影もなく憔悴《しょうすい》し、何歳も老《ふ》けてしまった。神経もおかしくなっていたのではないかと思う。鎌《かま》を持ったまま、裏の川から何度か落ちたこともある。

そんな母が、癌だと知ったらどうなるか。昔のことを思うと、きっとまた気がおかしくなるほど心配するに違いない。誰に知られてもいい。けれど、母にだけは隠しておきたかった。」

（河野裕子「三冊だけの歌集」、「短歌」二〇〇九年九月号）

さてどうするか。姑息《こそく》な手段であるが、私が考えたのは、出版社が幸い淳のところなので、ここは淳に無理を言って、母親に渡す歌集だけ、別バージョンを作ろうというものであった。「あとがき」のなかの先に引用した部分だけを削ろうというのである。

幸い、淳が一肌脱いでくれ、母親に送る三冊だけの歌集が誕生した。作品のなかには、癌という字は現われてこないものの、注意深く読めば乳癌の疑いは抱くはずである。しかし、当時から少しずつ母親にも惚《ぼ》けの初期症状が現れ始めており、たぶん大丈夫だろうと踏んだ通り、母親は裕子の病気には気づかずに歌集を読んだようだった。

歌集にも幸不幸の別はおのずからどこかで決まっているような気がするが、この歌集は、河野にとっても、青磁社にとっても幸せな歌集となった。第六回若山牧水賞と、二〇〇二年の第十二回紫式部文学賞を同時に受賞することになったのである。特に若山牧水賞は、私も第三回の賞を受賞しており、夫婦揃っての受賞は初めてのこと。

二〇〇二年二月に、宮崎市で若山牧水賞の授賞式が行われ、私たち家族四人と母親が出席した。ここでもう一度困った事態に出くわした。授賞式では、当然のことながら選評や選考結果が発表される。選考委員は、大岡信、岡野弘彦、馬場あき子、伊藤一彦の四氏であったが、誰が担当になっても、河野の乳癌には触れるはずである。その場には河野の母親がいる。さて、どうしたものか。

授賞式の前に、私たち家族四人は、選考委員の四氏と知事を交えて昼食をとることになっていた。その昼食会で、歌集『歩く』に別バージョンのあること、河野の母親が今日出席しているので、できれば河野の乳癌については触れないでいただけないか、と私が説明をした。皆さん、ほおーっと溜息《ためいき》をつかれ、驚かれた様子であったが、講評担当の大岡信さんには、癌ということには触れずに、河野の歌の魅力を見事に引き出した評をしていただいた。

まことに綱渡りのような顚末であったが、幸い母親は何のショックを受けることもなく、「裕ちゃん、良かったねえ」と言いながら帰って行った。どの程度察していたのか、もしわかったら、どのくらいショックを受けたものか、その後、いつ裕子の癌に気づいたのか、そのような諸々《もろもろ》は、もはや詮索《せんさく》のしようもないが、今も時折、世間には知られることのなかった、あの三冊だけの歌集の運命を思うのである。

夫ならば庇《かば》つて欲しかつた医学書閉ぢて

河野裕子の第九歌集『歩く』が、淳が興した出版社「青磁社」の初めての出版物として出版されるとき、ちょっとしたトラブルがあった。二〇〇一年八月のことである。現代歌壇のなかでは、群を抜いて読者が多く、いつも多くの部数が出る河野の歌集が、青磁社の最初の本になることは、家族としての喜びだけでなく、青磁社にとってもうれしいことであった。その、はずであった。

歌集の装丁には文句はなかった。カバーは薄いベージュで、その左上部に、毛筆体で大きく太く「歩く」と書かれた墨文字がインパクトを持つ。表紙は布製の濃い朱色一色。カバーと同じ位置に、同じ「歩く」という墨書が空押しされていた。このシンプルな装丁を、私は特に気に入った。私の第八歌集『風位』も、ほぼ同じスタイルにしてもらったほどだった。

帯には「今度の病気で最も身に沁《し》みたのは、歩くということであった。歩く、唯々《ただただ》歩く。それは人間の最もシンプルな身体《からだ》の働きである。これからは、歩くことを大切に、歩けることに感謝して仕事をしていきたいと思っている。」と書かれている。「あとがき」を少しアレンジしたものである。この惹句《じゃっく》にも問題はない。

歌集が刷りあがってきたとき、私たちは帯の緑の色がちょっと明るすぎるのではないかと感じた。「見本は、確かもう少しくすんでいて、いい感じやったのになあ」と私が言ったのがいけなかった。河野はすぐさま淳の携帯に電話をした。

開口いちばん、ものすごい剣幕で「この歌集は出しません」。淳のとまどっている気配が横で聞いている私にも伝わってくる。

「あんた、この帯の色はなんですか。最初に見せたものと全然違うじゃないですか。私は出しませんからね」と一息にまくしたてた。電話の向こうで、それでも必死に抵抗しているらしい淳の対応が感じられるが、こういうとき、河野は決して引かない。ただただまっすぐ自分の主張を押し通す。

わずかな色の差である。確かに見本として持ってきたものとはその明るさというか、鮮明さが違っている。元のものは、もう少しくすんで落ち着いた感じだった。

普通なら、版元と装丁家を立てて、そのくらいの違いには目をつむる、あるいは我慢するものだろう。しかし、相手が息子ということもあってか、河野は決して妥協しない。言うことだけを言って、ガシャンと電話を切ってしまった。

こういうとき、横で取りなしたり、淳の弁護などをすれば、火に油を注ぐようなもので、いっそう彼女の怒りを煽《あお》ることになるのは、それまでの経験からよくわかっている。私はただ聞いているだけであった。

しかし、淳の気持ちを考えるといたたまれない思いである。前の出版社が倒産し、ようやく自分でやろうと決心して興した出版社。記者としての経験はそれなりにあっても、本づくりとしては、まったく未知の分野になんとか乗り出そうとして、ようやくできあがった最初の本である。必死の思いでもあっただろう。

その記念すべき一冊目の本が、たとえ母親であっても、著者から激昂《げっこう》の電話を受けて、「出しません」とまで言われることになってしまった。落胆というよりは、もっと激しく落ち込んでいるに違いない。もう止《や》める、と言いだすのではないかと本気で心配した。

翌朝、河野が少し落ち着いているのを見計らって、色はそんなに悪くないことを強調し、なんとか納得させた。淳には、とにかく謝りに来るよう電話で言っておいた。

微差であるにせよ、見本と色調が違うのは出版元のミスではある。

なんとか一件落着ではあったが、このことで淳が受けた打撃がどれほどのものであったのかは、直接に尋ねたことはない。しかし文字通り、第一歩目からの躓《つまず》きであった。淳はひと言も言わなかったが、じつは淳が電話を受けたのは、ちょうど家族を連れて、信州へ行く車の中なのだったという。初めての本をようやく仕上げた解放感とともに、家族旅行に行ったのだろう。そのことを、私は最近になって知ったのだが、夏の青空とは対照的な沈んだ気分で連休を過ごしたという淳の言葉に、私には継ぐべき言葉がなかった。

河野が精神的に不調をきたしはじめた最初の徴候が、この『歩く』の装丁に関するものだったと長いあいだ思ってきた。しかし、その頃の日記を繰っていて、じつはその前兆は、もっとはるか前からあったのだということに、今さらながら気づいている。前に書いたように、私は基本的には日記をつけない。しかし、なにか大きなことがあって、どうしてもと思った時には、しばらく日記をつけたりもする。この頃、即《すなわ》ち二〇〇一年の正月からは、半年ほど日記をつけている。半年も続いたのは初めてである。

それによると、手術をして三カ月、二〇〇一年の一月には、すでに私たち家族に対する河野の不信感が顔を見せはじめていた。手術直後は、彼女自身も緊張していたし、どう対処して、どう乗り切るか、そちらの方に意識が向いていたのだろう。

悔しがり大泣きしたるざんばらを黙し見てゐしは君と紅のみ

河野裕子『日付のある歌』

沈潜しろ仕事断はれと言ひくるる帰りて風呂の湯替へつつ君は

こんな歌を見ていると、家族が互いにいたわりあいながら病後の時間を過ごしているように見えるが、もちろん実情はそんな単純なものではない。

その頃の日記には、なんども「裕子の機嫌悪し」という記述が出てくる。たいがいは体調の悪さをくりかえしくりかえし、訴えるのであった。

「手術は三時間ほどで無事に終わった。乳腺《にゅうせん》の三分の二を切除したが乳房は温存された。そのように処置して下さった執刀医に感謝している。けれど、予後がいけなかった。左半分の身体が自分のものでなくなってしまったのである。始終寒けがして、痺《しび》れて固まってしまい、傷周辺や背中が灼《や》けるように痛い。春になっても夏になっても良くならなかった。アレキサンドル・デュマに『巌窟王《がんくつおう》』という小説があり、主人公は何年も鉄仮面をつけられて苦しむ。鉄仮面の気持ちが分かるようだった。」

（河野裕子「癌を病んで」西日本新聞、二〇〇二年十二月十六日）

不機嫌のおおかたは、自分の身の不具合であった。肩こりは手術以前からの持病に近いものであったが、左の乳房の手術をしてからは、それが線維化し、外から触ってもわかるほど固くなってしまった。それは背側にまで及んでいて、左の肩から背にかけても明らかに固くなっていた。耐えがたく辛《つら》いのであろうことは、私たちにもよくわかる。おまけに腋窩《えきか》リンパ節を切ってからは、左側に痺れがあるとも訴えていた。

医者は、癌の再発には注意を向けてくれるが、病気以外の訴えには少しも注意を向けてくれないというのが、彼女の常に口にしていた不満であった。

医者ばかりでなく、家族の誰も私の苦しみをわかってくれない、というところに彼女の不満が移りつつあった。私が帰ってくると、それまでは歌を作っていたり、選歌をしていても、とたんに調子が悪いと言いだす。「しんどい、もう死にそう」というのがいつもの訴えであった。食事のときも、私が疲れていてもそれにはお構いなしに、毎晩のようにその訴えが繰り返された。私のほうがそうとうにまいってしまった。ずいぶん経《た》ってから気づいたのは、それは彼女があきらかに私を試しているということであった。どのくらい私が彼女をいたわれるか、どのくらい無理を言っても自分の亭主はそれに耐えて、自分を受け容《い》れてくれるか。そんな私の反応を計っているのだった。

今ならばまつすぐに言ふ夫ならば庇《かば》つて欲しかつた医学書閉ぢて　　河野裕子『庭』

文献に癌細胞を読み続け私の癌には触れざり君は

「こう詠《うた》われたら、永田さん辛いだろうなあ」と歌人の吉川宏志がどこかに書いていたが、たしかに辛い歌である。

肩が凝り、痛いのはわかっていても、どうしてやることもできない。ほんとうは、「うんうん」と言いながら、肩を揉《も》み、痛いところを撫《な》でてやるのがもっともよかったのだろうと、いまなら私にもわかる。ただ、「かわいそうに」と言って撫でていてほしかったのだろう。

私たち夫婦のあいだでは、どんなことでも彼女が私に質問をしてきた。私なら何にでも答えられると思っているかのようだった。本当は答を求めているのではなく、私に尋ねることで自分の考えを確認したいと思っていたのかも知れない。

「なんでこんなにしんどいのやろ」という問いに、「線維化しているから、仕方がないなあ」という答は、一度は有効でも、二度三度と繰り返されると、同じ答を繰り返すこともできず、答えるほうはひたすら苦痛である。肩を揉んでやること以外に、どうしてやることもできない。「線維化は今の医学ではどうにもできない」と去《い》なしながら、正直なところ、肩凝りよりは、生きていてくれること、そのことのほうが私には重要なのであった。

しかし、そんな私の態度が、「あなたは私の苦しみをわかってくれない、わかろうとしない」という思いを募らせることになっていったのかもしれない。

「お父さんは、女性への対応が下手なのよ」と、娘の紅に言われたことがあったが、たしかにそうなのかもしれない。特に、河野には、何が何でも庇護《ひご》してやるべき存在というよりは、なにもかもわかった対等な存在という感じがいつのまにか定着していた。

ある時、何かのパンフレットで見つけた遠赤外線治療器を買いたいと急に言いだした。人間一人が入れるくらいの大きさで、遠赤外線で身体をあたためて血行を良くするというものであった。赤外線で身体をあたためるのは、肩凝りの対策としても悪いわけではないので、反対する理由はなかったが、結構高い買い物である。効果はあるだろうが、価格に見合うものではあるまいと、私は思った。

しかし、これは彼女の精いっぱいの家族への不満の表明、抵抗だったのだろう。こんな病気になったのだから、これくらいの贅沢《ぜいたく》は当然許されるべきだ。幼子が駄々をこねて店先のものを欲しがるように、彼女は、自分でもほんとうに欲しいかどうかわからない買い物をすることで、気づかって欲しい自分を押し出したかったのだろうか。もし私がそれを買うことに反対していれば、彼女はきっと爆発したことだろう。日常的なもやもやとした不満を一気に解き放ちたくて、わざと意味のない買い物を要求したのかもしれない。私の反応を試したかったのだろうと、今なら思うことができる。しかし、私が反対しなかったことで、それを買うことになってしまった。ほとんど衝動買いという類《たぐい》の買い方であった。

実際、それを使ったのは、ほんの少しの期間であった。そのあとは、長いあいだ、普段使うことのない部屋の奥に放ってあった。見るたびに家族の誰もが、彼女が苛立《いらだ》っていた時期のことを否応《いやおう》なく思い出す。忌《い》まわしい遺物のようでもあった。
七、八年の後、それを必要とする人があって譲ることになったが、私も、そして裕子も、それが家から無くなることに、正直ほっとした思いをもったものである。
なぜ私だけが、こんな目にあわねばならないのか。私はひょっとしたら再発で死ぬかもしれない。なのに、家族のみんなは、それまでと何ひとつ変わらない生活をしている。彼女の不満はそこにあった。不遇感である。自分ひとりが取り残されていくという不安でもそれはあっただろう。

「誰も私のしんどさをわかってくれない」「思いやりがない」。そんな言葉が、日常的に彼女の口から出てくるようになった。怒りが爆発すると、「あんたら、寄ってたかって私を殺そうとする」とまで言うようになっていった。

彼女に癌が見つかったとき、「あなたが癌になったのは、俺にも半分責任がある」と彼女に伝えた。夫として、気づくべきことであったのに、という意味である。

河野の乳癌は、二〇〇〇年の九月に見つかったが、じつはその数年前に、彼女自身がおかしいと気がついて、京大病院に受診に行っていたのである。

四年まへ乳腺外来に行きしかど見過されたりこれも運命か

裕子『日付のある歌』

大丈夫ですと言われて帰ってきたのだそうだが、そんなことさえも私は忘れてしまっていた。

その時に見つかっていれば、河野はおそらくいまも生きていただろう。痛恨の極みと言うほかはないが、そんな大切なことをも忘れていた。「あなたは私のことなんか、どうでもいいのよ」と言われても、私には返す言葉がなかった。

「責任の半分は俺にある」という私の言葉は、正直な気持ちであったが、その後、それはひとり歩きを始め、事あるごとに彼女の口から非難の言葉として出るようになった。やがては、「あんたのせいで、こうなった」と、それは言い換えられるようにもなっていった。

癌の手術はうまくいった。放射線療法も終わり、再発の危険は今のところない。癌という病気そのものへの心配は、彼女にも私たちにもその頃には稀薄だった。私たちは安心して、徐々にもとの日常にもどりつつあった。

しかし、そのような平穏さのなかで、家族がそれぞれ自分の生活に埋没していることが、彼女としては許せないことだったのだろう。病気の彼女を家においたまま、家族はそれぞれ職場へでかけ、普通の生活をしている。自分の身体的、精神的苦しみをわかろうともしないで、のうのうとそれまで通りの生活をしているというのが我慢ならないようでもあった。

それはまた不安でもあったのだろうと思う。女性が乳房を切られる悲しみは、男性には推しはかりかねるが、自らの女性としてのアイデンティティを失ったようにも感じるのだろう。医者にとっては、単なる一臓器でしかないが、女性にとっては象徴であり、誇りであろう。妻として、女として、そのアイデンティティの危機として立ちあらわれた不安であったのだろうと思う。

なによりそのような女性の象徴を失った（と、彼女が感じる）妻を、夫として私がどのように見ているかが、彼女の最大の不安だったのかもしれない。

河野裕子にとって、私という存在は、ある意味、すべてであった。他の誰よりも深く私を愛していた。それは出会いのころから、亡《な》くなる直前まで、変わらない彼女の思いであったと、このことを私は露ほども疑わない。

で、あるからこそ、余計に不安だったのだろう。もし、私の心が彼女から離れたらと、その不安が、あるいは疑心暗鬼が、彼女の態度を攻撃性へと転化させるのだった。必然的に、私の周りにいる女性たちに特に敏感になっていった。家へ帰って、今日あったことなどをいろいろ話す。話のはしばしに秘書さんをはじめとする職場の女性たち、歌会などで付き合う女性がでてきて、そんな女性たちを私が少しでも褒めようものなら、それにあきらかな敵愾心《てきがいしん》をもっていったようだった。

私はもともと鈍感なところがあって、自分が特別の思いをもっていなければ、深く考えることなく、いろいろな女性の話も彼女の前で平気でしてきたし、褒めたり感心したりしたこともそのまま話をしてきた。

病気以前はそれでもよかったのだろうが、乳癌の手術をし、女性としての自信を失いかけていた彼女には、それが耐えがたいことであったのかもしれない。何と能天気なことよと、自分の鈍感さを呪《のろ》うばかりだが、ある時、彼女が爆発することになってしまった。

ある夜、家に帰ってみると、河野の姿がない。どこかへ買い物にでも行ったのかと、しばらく待ってみたが、それにしては彼女の車は駐車場に停めてある。昨日からの荒れ模様を考えて、急に不安になってきた。息子の家に電話して尋ねたが、来ていないという。娘にも、滋賀県の実家にも電話してみるが心当たりはないようだった。

その時になって突き上げるような不安に襲われた。家出。

まさか、と思うが、そう思いながら、どこかへ出て行ってしまったということが、疑いようのなく確かなことにも思われる。家を出てしまっても、彼女には行く場所がない。死のうと考えて、出て行ったはずだ。

淳と紅にすぐ来るよう頼んだ。紅は河野の服などを調べている。やはりないものがあるらしい。それさえも私にはわからないのがもどかしい。

どこへと言って問い合わせる先もなく、捜索願を出そうかと紅と話しているとき、別室でなにかやっていた淳が、「お母さんが電話をかけた先がわかった」と電話機を持ってきた。わが家の電話機にそんな機能がついていたなどとはまったく知らなかったが、どうやら前に通話した先が特定できるようになっているらしい。

河野が、その日の夕方電話をしたのは、市外局番からどうやら三重県であるらしい。どこかはわからないが、そこへ電話してみると、はたしてそれは旅館であった。まったく心当たりのない旅館である。どうしてそんなところを探し出したのだろう。

電話をかけたのが、夜の十時頃。電話の向こうでは、主人らしい老人の声が無愛想に応対している。

「河野という女性が、そちらに泊まっていませんか」と尋ねると、意外にもすぐに泊まっているとの答。偽名などは使っていなかったようだ。まさか、私たちが見つけだすとは、予想もしていなかったのだろう。私たちもまさか、そんなに簡単に突き止められるとは思ってもいなかった。

「電話を繋《つな》いでほしい」と頼むと、しばらく待たされて、話したくないと言っているとのこと。客室には電話などなく、主人が直接話をしに行っていたらしい。

電話に出ない。お手上げである。その主人に、自殺をする可能性があるので、注意して欲しいとお願いする。こちらも必死だから声もうわずっているが、向こうではいかにも迷惑そうな様子が、声からもわかる。あたりまえである。

しかし、こちらは切羽詰っていて、そんなことに頓着《とんちゃく》している余裕などない。これからすぐにそちらに向かうから、とにかく、くれぐれも注意して欲しいとだけ言って、電話を切った。

紅と二人で取るものもとりあえず、伊賀上野をめざして車を走らせたのは、もう夜の十一時をまわった頃だった。

私は妻だつたのよ触れられもせず

伊賀上野の駅に近い、ほとんど路地とも言えそうな道に、件《くだん》の旅館を見つけたのは、夜の二時をまわっていただろうか。内側からの弱々しい蛍光灯の光に照らされて、旅館の看板がうすら寒い夜にいっそう寒々しかった。

部屋をのぞくと、河野は眠っていた。いつものように睡眠剤を飲んでいるのだろう。目をさまさないように、私と紅とは隣に部屋をとって、しばらく仮眠をした。朝起きて、どこかへ逃げられてしまうと今度こそ行方知れずということになりかねない。眠らないようにと思っていたのに、二人ともうとうとしてしまったようだった。

しかし、案に相違して、目が覚めてからも河野は、そこを動こうとしなかった。帰ろうと促し、車の後部座席に紅と河野が座った。外へ出られないように、念の為ドアにチャイルドロックをかけて、京都へ連れ帰った。無言のまま、めらめらとした目で睨《にら》んではいたが、何がどう変わったか、私たちから逃げ出そうとする気配はまったくなかった。

この事件をきっかけに、河野の精神状態はいっそう攻撃的になっていった。一年中というわけではなかったが、年に二、三度、手のつけられない状態におちいるのだった。

何がきっかけかわからないことが多かったが、落ち込み、やがて次第に口調が苛立《いらだ》ちはじめ、「陰惨な気分がする」と言いだすと、それが赤信号。堰《せき》を切ったように激昂《げっこう》が始まる。彼女にもはや制御できなくなり、自分の声に自分がいっそう傷ついて、さらにエスカレートする。正のフィードバックがかかってしまうようだった。

この発作的な攻撃性、それは鬱《うつ》の裏返しだったといまでも私は思っているが、それには、彼女が服用していた睡眠導入剤もなんらかの関わりを持っていたのだろうと思う。

彼女が愛用していたのは、ハルシオンという睡眠導入剤であった。もともと入眠障害を抱えていた河野は、以前から睡眠剤を使っていたようだったが、特に乳癌の手術後は、不安も大きく、寝つかれないと訴えることが多くなった。そんな時、ハルシオンを処方され、これがとてもよく効くのだった。あんなに頑固な寝付きの悪さが嘘《うそ》のようだと喜んで毎日服用していた。

この頃、ハルシオンも効かず
暗がりに鳴いてゐるなり青葉木菟《あをばづく》空耳《そらみみ》ならず吸ひこみて聞く
河野裕子『日付のある歌』

眠られずハルシオンを酒で嚥《の》みこむ
わたしよりわたしの乳房をかなしみてかなしみゐる人が二階を歩く
ハルシオンが効くまでひとりで起きてゐる黄のクレヨンで船描き陽を描き
ハルシオンよく効いて君は眠りいるスタンドの灯をつけっぱなしにして
永田和宏『風位』

河野の歌は、手術直前の歌である。不安で寝つかれず、ハルシオンのお世話になっていた。河野がこの薬を処方されはじめた頃、副作用についてはあまり知られていなかったようだ。私も、すぐ寝られるようになったとよろこぶ河野を見ているのはうれしく、時には自分でもためしてみたりした。あまり疲れすぎると寝られなくなってしまうが、そんな時、たしかにハルシオンはよく効いたように思う。

しかし、現在ではハルシオンはその副作用の強さから、処方としては推奨されなくなったと聞いている。服用を続けると、記憶が飛んだり、攻撃性が現われるというのだ。紅が友人からその話を聞き、慌《あわ》てて調べてみると、確かにそのような報告も多い。ハルシオンの副作用を私たちが知ったのは、河野が何年も、毎日のように使い続けたあとだった。

おまけに河野は酒と一緒に飲むという、もっとも悪い飲み方をしていた。先の歌の詞書《ことばが》きにも「眠られずハルシオンを酒で嚥《の》みこむ」とある。

ハルシオンと酒を飲むなと言ひし子が消灯時間よと電話を切りぬ
河野裕子『季《とき》の栞《しおり》』

河野の薬の飲み方は、ハルシオンを飲み、さらにウイスキーをストレートで飲むという、睡眠剤のもっとも悪い飲み方なのであった。特にアルコールと一緒に飲むと、代謝が悪くなり、大きな副作用が出てしまうのは、薬の常識である。

先の一首は、入院中の娘が、母親の薬剤摂取を心配して、病院から電話をして、「ハルシオンと酒を」同時に飲むなと言っている場面である。消灯時間まで話し込んでいたのだろう。

河野の攻撃性の一端はそこにあるのかも知れないと思ったがもとより確証はなく、河野がハルシオンをやめたのは、手術から数年後、二〇〇四年になって京都深泥池《みぞろがいけ》の池畔にある、京都博愛会病院の木村敏《びん》先生のもとに通うようになってからだった。木村先生は、断固としてハルシオンを処方されなかった。

なんとか河野をなだめ、できるだけ早く寝させようとするのが、毎夜の私たちの最大の関心事になっていた。延々と繰り返される同じ罵《のの》りの言葉、それにはいっさい反論してはならなかった。「あなたは理屈でごまかそうとする」という言葉から始まって、またそれまでと同じ言葉が繰り返される。

うかつに同意すると、その同意は次には別の文脈で、「あのとき、こう言ったじゃないの」と繰り返されることになる。言質《げんち》を取られるようなことはいっさい言わず、私にできることは、ただひたすら黙って聞くことでしかなかった。そしてできるだけ早く眠らせる。彼女がハルシオンを飲み始めると、正直ほっとしたものだ。薬を飲む。それでも寝られないと酒を飲む。不安からだろう、寝ついたと思ったらまた目が覚めて、また薬を飲む。そんな繰り返しの中で、朦朧《もうろう》とした意識のまま、幽鬼のように階段を降りてくる音を聞くのが怖かった。ほとんど呂律《ろれつ》のまわらなくなった口調で繰り返される罵倒《ばとう》の言葉に深夜まで耐えなければならなかった。

その頃、河野裕子がもっとも憎んでいたのは私だっただろう。私の不注意から、ある女性を話題にし、褒めたことが原因であった。彼女はその女性を憎むとともに、私を憎んだ。私とその女性とのあいだに、何もないことは誰よりもよくわかっていたし、自分でもそう断言していた。それでも私を許せなかった。私のまわりに女性がいることが許せなかった。

それは紅についても同じだった。紅という存在そのものではなく、私という存在があるゆえに、紅をも憎んだ。

ああ今宵かくも陽気な父なるを吾娘《あこ》は髪さえ触らせてくれぬ

この頃は髪も、肩さえ触らせてくれぬ娘を本気で憎む

永田和宏『華氏』

この一首は紅がまだ小学生のころの歌である。元気なときの河野は、このような戯《ざ》れ歌になんの反応も嫌悪感《けんおかん》も示すことはなかった。

しかし、高校の頃、紅の頭を撫《な》で、紅が嫌がって逃げたことがあった。私自身は忘れていたが、あるとき、それを持ちだして、不潔だと罵り、それもなんども繰り返されることになった。紅も撫でられて喜んでいたではないかと、紅を責めた。このときの母親の言葉は、後々まで紅には深い傷を残し、母親の死後も、癒《いや》しようのないトラウマとして残ったようだった。

洟《はな》をかみ洟をかみして大泣きに泣ける娘と夜のあけるまで

永田和宏『後の日々』

普通、娘は父親を遠ざけ、話などもしなくなるようだし、思春期には洗濯物を父親

のものと一緒に洗われることさえ忌避することもあるようだ。わが家では、むしろ娘は、父親になんでも相談した。「洟をかみ」の歌は、自分の恋愛問題がどうしようもなくなったとき、私に相談をしに来たときの歌である。その日は、夜の明けるまで、繰り返し泣く娘の話につきあったものだった。

父親と娘、この関係が一般の家庭に較《くら》べていいことを、「うちはお父さんがいいから」と、河野自身、事あるごとに人にも言っていたようだった。しかし、病気以降、家族からの疎外感《そがいかん》に打ちのめされるようになっていた彼女は、そのような仲のいい娘と父親という関係を激しく憎むようになった。

この人も櫂《かい》も残して死にはしないいちばん泣くのは娘の紅《こう》ぞ

河野裕子『蟬声《せんせい》』

河野は娘の紅を誰より頼りにしていた。私と紅、この二人に守られていることが河野の安定感を支えていたのだと思う。「紅ちゃんは私の保護者」などともよく言っていたし、子供の頃から、何でも紅に相談していた。子供に対して付き合うというのではなく、対等に相談し、忠告も受け容《い》れていた。そんな信頼感と愛情は紛れもないものでありながら、一方では激しく憎み、罵る。そんなアンビヴァレントな振幅のなかに、彼女の私たちへの心情はあったのだと思う。河野はその頃、心底から私を憎んでいた。しかし、彼女が誰よりも愛していたのも、またまぎれもなく私なのであった。

河野裕子という歌人には、ほどほどという概念はあり得なかった。憎んで憎んで、もっとも憎みながら、その憎しみのなかで、私を誰よりも愛し、私以外の男の存在は露ほどにも彼女の視野のなかに入ることはなかった。愛しすぎていることが、憎しみの原点にあった。

塚本邦雄に、次の一首がある。

馬を洗はば馬のたましひ冱《さ》ゆるまで人戀《こ》はば人あやむるこころ

塚本邦雄『感幻樂』(白玉書房、一九六九年)

馬を洗うならば、馬の魂が冴《さ》えるまで洗って洗って洗いつづけるがよいと言う。そして、人を恋うなら、人を殺《あや》めるほどに恋うのが真の愛だと塚本は詠《うた》う。河野裕子の愛しかたは、「人あやむるこころ」に近い徹底した愛しかたであった。

そんな愛情の裏返しかもしれないが、河野裕子は、すべての意志決定を私にゆだねることに、自らの喜びを見出《みいだ》していたようなところがあった。

何かものごとを決めるときの最終判断は、ほとんどが私であった。何でも私に相談した。彼女が着物や服を買おうとする時には、いつも私を一緒に連れて行った。自分で買い物に行った場合も、改めて別の日に私を伴い、自分が択《えら》んだいくつかの候補から、私に択ぶように言った。私はどちらかといえば即決型。直感だけで私の択んだものに異議を唱えることはまずなく、ほとんどの場合、私の選択に従った。よく行っていた仕立屋や呉服屋の店員たちも、「いいですねえ、旦那《だんな》さんに択んでもらえるなんて」と、さも羨《うらや》ましそうに言うのだったが、そんな言葉を聞きたくて私を連れて行っている風でもあった。彼女にとってのもっとも大きな誇りの一つが私なのだったと、うぬぼれでなく私は思う。

どこかへ着物を着て出かける。どの着物にするか、それが決まるとどの帯が合うか、その帯にはどんな色の帯締めと帯揚げが似合うのか、すべて私に尋ね、どれもほとんど私の指示通りに風呂敷に包み、着つけをしてもらいに行くのが常だった。

そんな激しい愛情と信頼感、そして当然のことながら独占欲の裏返しとして、病気以降、私が離れていくのではないか、見捨てられるのではないかという恐怖心に縛られてしまったのだろうと思う。

見捨てられたらどうしようという思いから、逆に、私に責任があると責めることで、私を縛っておきたかったのだと、いまなら私にもわかる。しかし、その最中《さなか》に居る私には、そんなことを考える余裕はもとよりなく、ひたすら激情の嵐が過ぎるのを身を低くして待っているだけであった。

そんな怒りの最中でも、私への彼女の心配の仕方は、普通の女性が夫を気づかうようなものではなかった。異常に心配性であったが、その心配の多くは私に関わるものであった。怒りの幾分かは、私が無理をして仕事をし、それが彼女の心配の種になって、不眠を誘うことにもあった。

しかし、その頃の私は、研究室から帰るのが次第に遅くなっていた。逃げていたのである。できれば行方をくらましてしまいたかったが、大学での仕事、大学院生の将来などを考えれば、もちろんそんなことはできることではなかった。

今夜は遅くなるからと、家に電話をし、十時、十一時と帰宅時間を遅くする。帰って、門の前に立つと、家に灯りがついているかどうかをまず確かめる。灯りが消えていると、心底ほっとしたものだ。そおっとドアをあけ、忍び足で台所へ向かう。

河野はどんなに怒っているときにも、決して夕食の用意を欠かすことはなかった。夕食を静かに食べる。しかし、眠りの浅い河野は、決まって途中で階段を降りてくる。どんなに注意して家に入っても、初めから私の気配を察していたかのようだった。心配してもいたのだと思うが、帰ってこないのではないかという怖《おそ》れも抱いていたのかも知れない。

白木槿《むくげ》あなたにだけは言ひ残す私は妻だつたのよ触れられもせず　河野裕子『葦舟《あしぶね》』

私には辛《つら》い歌である。この一首は、河野が精神的な危機を乗り越えてからの歌であるが、触れて欲しい、繋《つな》がっていたいという河野の気持ちは知りながら、私はどうしても河野を避け、遠ざけ、腫《は》れものに触るように接していた。できるだけ刺激を与えないような関係を築こうとしていたのか。無意識のうちにそのように振る舞っていたのだろう。

何よりそのことを、ずたずたになった精神状態のなかでも、だからこそいっそう鋭敏に、河野は感じとっていたに違いない。歌では白木槿に呼びかけているが、もちろん「言ひ残す」相手は、私以外の人間ではない。その頃の私の態度は、後々まで河野の精神的負傷として残っていたことを、歌に知るのである。

紅が、お母さんの症状は、季節的なものがあると言ったのはいつごろだろうか。手術から二、三年経《た》ってからのことだと思うが、特に春から初夏にかけてのころにあらわれることが多かった。一度あらわれると二、三カ月、短くて一カ月ほどは、夜毎《よごと》の激しい責めの言葉につきあわねばならなかった。

一人ではとても対処できず、淳を呼んで来てもらったことも数えきれずあった。その頃、淳だけは河野の怒りの対象にはなっていなかった。独立して別に暮していたこともあるが、淳には不思議に河野の何かを慰撫《いぶ》するものがあるらしかった。私をもっとも頼りながら、私にもっとも激しい言葉を投げかけ、そのぶん淳に甘えていたところもあったのだろうか。

淳が来てくれるのはありがたかった。私を罵り続けていても、その怒りの半分は淳が引き受けてくれているような気がした。密室のなかで自分だけが受けとめているのとは較べものにならない、精神的な解放感があった。

あるとき、遂《つい》に私が爆発したことがあった。あとにも先にもたった一度だけのことである。

河野の異常な昂奮が一カ月以上も続き、何をどう言ってもその怒りは収まらなかった。夜毎、いつまでも繰り返される理不尽な（と感じた）罵倒の言葉につきあって、私自身もへとへとになっていた。

その夜も、淳に来てもらっていた。リビングの大きなテーブルの向うで、河野が朦朧としながら、いつもと同じような責め言葉を繰り返していた。反論をしようものならいっそう火を煽《あお》るだけなので、ひたすら聞いているばかりである。

その時、どのくらい時間が経っていたのだろう。何か私のなかに、得体の知れない凶暴な力が溢《あふ》れだそうとしているのが自分でもありありとわかった。そんな経験はそれまでにも、それ以降にも遂になかったものである。なんだかわからないが、うおーっと叫びだしたくなるような、自分でも制御できない凶暴な思いであった。

そして、実際に叫んでいたのである。抑えに抑えていた精神の箍《たが》が、一挙に外れようとしていることを、何かスローモーションの画面を見るように、正確に見ていたように思う。

あっと思ったときには、自分が座っていた重い椅子《いす》を両手で頭の上に持ちあげていた。さっきからずっと罵り続けている河野のほうへ投げようとしたことをかすかに覚えている。しかし、その瞬間に反対に方向を変えて、テレビの画面に投げつけたのだから、完全な自己喪失ではなかったのだろう。本気でテレビ画面が割れると思った。思い切り投げつけた重い椅子は、まともにブラウン管にぶつかったのに、しかし割れることはなかった。不思議な気がしたのも確かに覚えている。

次には花瓶をテーブルに投げつけ、別の椅子を投げた。河野が座っていた方向にだけは投げなかったから、まだどこかに正常な何かが残ってはいたのだろう。淳が羽交い締めで止めなければ、部屋中のものを投げていただろうか。

何かわからない言葉を喚《わめ》いていた。リビングから廊下を走り、トイレの木のドアを蹴破《けやぶ》った。トイレに何かを投げ込んだ。再び淳が来て、後ろから止めてくれた。

その淳の肩にすがって、大声で泣いた。後にも先にも淳にすがってなどということはなかったが、その時は、淳の肩にすがって、身も世もあらずいつまでもいつまでも泣いた。トイレの前の廊下の真ん中で、淳はいつまでも私に肩を貸していてくれた。何も言わなかった。

どのくらい時間が経ったのだろう。何か甘美な幸せな匂《にお》いのようなものに包まれている自分を感じていた。息子のまえで、こんなに自分をさらけ出したことはない。こんなに自分の弱さを見せたことも、こんなに取り乱した姿を見せたこともない。しかし、自分はいまこうして息子にすがって泣いている。そのことがとても安らかで、誇らしい気分だった。不思議な感情だった。怒りが次第に収まっていくのを感じていた。

淳の肩にすがりて号泣したる夜《よ》のあの夜《よる》を知るひとりが逝きぬ

永田和宏『夏・二〇一〇』

あの時の壊れたわたしを抱きしめて

その頃の私にとって、島尾敏雄の『死の棘《とげ》』ほど身につまされる小説はなかった。『死の棘』はずいぶん前に読んだ作品であり、大きな衝撃を受けた小説であったが、河野に攻撃性の発作が起こるようになって、別の意味で俄《にわ》かに抜き差しならない切実なものに変わっていった。そこに描かれる女性、島尾敏雄の妻がモデルであるミホと、河野裕子が二重写しになっていた。

夫の浮気が引き金になり、ミホは精神に異常をきたすようになる。夫の行動のすべてを女性への疑惑に結び付け、詰《なじ》り、ヒステリックな発作を起こすようになっていった。ミホを思い、島尾敏雄を思った。

救いを求めていたというのとも違う。彼らよりは少しはましだと思いたがっていたのだろうか。それとも少し違うような気がする。いまもよくわからないが、島尾敏雄という小説家の存在を、いつもお守りのような気分で意識していた。

実際に読みなおそうとしたのだったが、それはついにできなかった。『「死の棘」日記』まで買ってきたが、それもすぐにやめてしまった。読み進むことができなかった。

ミホの場合は夫への不信が根源にあったが、河野の場合は、「置いてきぼり感」であったのだろう。温存手術とは言え乳房を取った。癌《がん》という病気は、いつ再発するか知れない。そんななかで夫はこれまでと同じように外へ出てゆく。

風呂の蓋《ふた》洗ひながら歌ふ歌もなし夫《つま》や子遠し彼ら働く　　河野裕子『葦舟』

夫も子もそれまでと変わらない日常生活を送り、自分ひとりが置いてきぼりになる。「夫や子遠し」と感じてしまうのである。それまでも家に居ての仕事であったのだから、実際には同じなのだが、病気の前と後では、同じように家のなかに閉じこもっていても、その「置いてきぼり感」はまったく違ったものだったのだろう。

そこに、見放される、見捨てられるのではないかという疑心暗鬼が加わる。とくに私から見放されるかもしれないという思いが彼女にとって、絶対の恐怖であった。

愛しすぎて人を喪《うしな》ひ来しわれを夜中の電話に紅《こう》が慰む　　河野裕子『母系』

癌になったのはあなたの所為《せい》だと迫り、自分が病気になり、こんなにおかしくなってしまったのは、みんなあなたの責任だと罵った。責任を認めさせることで、私を縛っておきたかったのだろうと、今なら思うことができる。

しかし、その頃の私は、ひたすら彼女の怒りが通り過ぎるのを頭を低くして待っているだけであり、できるだけ遠ざかっていたいと思っていた。敏感な彼女には、それがわかるからいっそう私を責める。お互い愚かだったと思わざるを得ないが、渦中にある二人には、あるいは家族には、一歩しりぞいて、眺めてみるという余裕はなかった。

弁解をしたり、説明をしたりすると、却《かえ》ってその怒りに火をつける。夜なかに包丁を持ち出し、私に迫ることも何度かあり、家から飛び出して淳の家まで逃げたこともあった。睡眠剤に朦朧《もうろう》としたまま、包丁をテーブルや畳に突き立てている様は、どう見ても正気とは思えなかった。初めのうちは、実際に私を刺したりすることは決してないだろうと思っていたが、その自信が次第に揺らぎ始めるのが、自分でもわかった。

どうにも手を焼き、精神科に入院させるかどうか、淳と紅に相談をした。ずっと入院させることはないにしても、小康を得るまでは一時的に入院という選択肢もあるかも知れないと思った。

家族の、特に私のその時の精神的な疲労を考えれば、彼女を入院させるしかないと頭ではわかっていた。しかし、ついに誰もそれを実行できなかったのは、私たちの優柔不断の故《ゆえ》だったのだろうか、河野への憐《あわ》れみだったのだろうか。それが愛情であったと胸を張って言いきる自信は、私にはない。

先の見えない絶望感に、私のほうが負けてしまいそうであった。

この人を殺してわれも死ぬべしと幾たび思ひ幾たびを泣きし
永田和宏『夏・二〇一〇』

河野が亡《な》くなってからの歌である。当時の実感であった。心底、死んでしまいたいと思った。死んで、自由になりたい、日々のこの苦痛から逃れたいと願った。しかし、私が死んだら、河野はどうなるのだろう。私が離れていくという心配がなくなり、快方へ向かうだろうか。寄る辺がなくなり、もっとひどいことになるかも知れない。子供たちにその面倒をかけることはできなかった。ひとおもいに一緒にと、何度思ったことだろう。

病気して何かが狂ひ始めたり狂はぬやうに体調整ふ　河野裕子『庭』

やつとこさ正気の今日の綱渡り早寝をするよ誰からも逃げ

河野自身も、自らの意志と関わりなく襲ってくる発作にどう対処していいのか苦しんでいた。どんなに荒れていても、河野は、歌を雑誌などに出す前にかならず私に見せた。私も河野と口をきかない時にでも、出された歌稿に目を通し、歌の頭に○を付けたり、△を付けたりしたものだ。これは普通の夫婦とは若干状況が違っているだろうか。

そんな中で、河野の歌に、正気、狂気という言葉が頻出するようになった。私への訴え、非難という色彩の強い歌も多かった。多くは歌としての水準に達しないもので、私が採らず没になった。いかにも当てつけといった歌が並ぶこともあったが、私が○を付けなければ、彼女がそれを敢《あ》えて公《おおやけ》にすることはなかった。自らの思いを、歌を読むことによって私が知れば、それでいくぶんかは納得できたのだろうか。

先にあげた歌などは、私が○を付け、実際に発表されたものである。これらの歌を読むと、河野自身も自分の正気、狂気をもてあまし、なんとかそれと折りあいをつけようと、彼女なりに必死に闘っていたことがわかる。

なんとか「狂はぬやうに体調整ふ」努力をし、「やつとこさ」の正気を守ろうとしている。本当は家族とも、私とも一緒に居たいのに、「正気の今日」を守るために、家族の誰からも離れて早寝をしようと言うのである。不憫《ふびん》である。こんな歌があるから、彼女を遠くへやってしまうことが、私にはどうしてもできなかったのである。


薬害に正気を無くししわれの傍に白湯《さゆ》つぎくれる家族が居りき　裕子

「薬害に正気を無くししわれ」の傍らには、白湯をついでくれる家族が居る。その思いが彼女を支えていたのだろう。

彼女自身も必死に家族にすがっていたのだ。ほんのちょっとした心遣いにやすらぎを得る。逆に、それを失うかもしれないという怖《おそ》れが攻撃性となって現れる。その悪循環。頭ではわかっていても、私自身は、彼女の激情と攻撃から身をかわすことに精いっぱいであった。

私が第八歌集『風位』で沼空賞《ちょうくう》を受賞したのは、二〇〇四年であった。沼空賞は、歌壇ではもっとも権威があると言われる賞であり、私の年齢でこの賞をいただくのは、どちらかと言えば、若すぎるということになるのだろうか。思いがけないことであったが、もちろんうれしくないはずがない。

わが家では、どちらの授賞式にも必ず二人揃《そろ》って出席してきた。別にそう決めたわけではないが、ごく普通にそうなっていたというだけである。沼空賞の授賞式にも、当然のことながら河野も出席するし、淳も、そして私の父親も一緒に東京へ行くことになった。紅は、この頃、すでに東京大学で博士研究員となっており、東京に住んでいた。

授賞式の前日、私は九州大学でサイエンスのほうの講演があり、出張していた。その夜は泊まらなければならず、夜は、講演のあと、世話をしてくれた先生方と夕食をともにし、飲みに出た。ホテルに帰ったのは十一時頃だっただろうか。明日は授賞式のため直接東京へ行くこともあり、家に電話をした。

これがまずかった。明日どこで待ち合わせるかを打ち合わせようとかけた電話であったが、彼女は彼女で、明日に備えて眠るべく、すでに睡眠剤を飲んでいたのである。それが私の電話で目がさめてしまった。電話の向うで烈火のごとく怒っている。まずいと思ったが、あとの祭りだった。

翌日、私は九州から直接東京へ向った。彼女は私より早くホテルへ入り、美容室で髪を結ってもらい、着物の着付けをしてもらうことになっていた。私がホテルに着いたのは、授賞式の一時間ほど前。ホテルの美容室に迎えに行くと、ちょうど終ったところで河野が出てきた。

一目見て、異常に気づいた。朦朧とし、まっすぐ歩けない。目は激しく私を睨《にら》んだまま、無言である。河野の着替えのバッグを受け取り、ロビーまで来たとき、昨夜の続きの怒りが爆発した。

寝られなかったではないか、寝られないから、睡眠剤をまた飲んだ。お陰でこんなふらふらになってしまった、どうしてくれる、というわけである。口が粘り、呂律《ろれつ》がまわらない。よろよろとしながら、いきなり私に殴りかかってきた。足許《あしもと》もおぼつかない状態で殴れるわけもないが、ロビーには他にも多くの人がいる。驚いて、見ぬふりをしているのがわかる。

授賞式に出席すべく上京していた私の父と淳も一緒であった。父がショックを受けているのがよくわかった。初めて彼女のあんな姿を見たのである。淳がとにかく止めてはくれたが、彼女の怒りと罵《のの》りは止《や》まない。淳の制止を振り切って、なお拳《こぶし》で私の胸を打ってくる。とにかくなだめるのに必死になった。授賞式の時間は迫っている。紅がやってきた。

このままで会場へ行けば悲惨なことになるのは目に見えている。できれば彼女と紅をホテルにとどめておいて、私ひとりで式に臨めればどんなに楽だろうと思ったが、河野がそれを承知しないのはあきらかだった。わざわざ東京までできたのだ。いくら制止しても、意地でも会場にやってくるだろう。

仕方なく、紅と河野をタクシーの後部座席に乗せ、会場の東京會舘まで向かうことにした。タクシーの中でもまだ罵りは続いている。紅が懸命になだめようとしているが、おさまらない。運転手が嫌そうな顔をしていたが、そんなことに構っている余裕もなかった。

會舘のエレベータの中でも、なお怒りはおさまらなかった。エレベータを降りれば、たくさんの出席者がたむろするロビーである。

えい、もうどうにでもなれと、観念したその時である。一緒に乗っていた紅が、突然、河野の頰を張った。とどまることなく私へ怒りの言葉を吐き続けていた河野も、そして私も一瞬何が起こったのかわからなかった。

しかし、その一発の張り手は、見事に河野を正気へ引き戻したのである。授賞式のフロアに着き、控室に通されたときには、普段の河野裕子に変わっていた。

控室にいた審査員の方たちとなごやかに挨拶《あいさつ》をし、積極的に話をした。よく観察すれば、言葉にまだ朦朧としたぬめりのようなものが残っているのがかすかに感じられたが、それは、その直前までの状態を知っている私にだけ感じとれる異常であっただろう。とりわけ審査員の一人だった島田修二さんと膝《ひざ》をくっつけるように楽しそうに話しこんでいるのは、現実に傍で見ていても、私には俄《にわ》かには信じられない景色だった。狐《きつね》につままれたという表現があるが、陳腐な表現ながら、まさにそんな感じであった。たぶん、その場で、私だけが言いようのない違和感のなかに、居心地悪く取り残されていたのかもしれない。

授賞式のあと、俳句で蛇笏《だこつ》賞を受賞した福田甲子雄《きねお》氏と、それぞれ迢空賞、蛇笏賞の選考委員、それに委員長の有馬朗人《あきと》さんと一緒に記念撮影があった。なぜか河野裕子もそのなかに席が設けられており、一緒に写真に収まった。恐らく同伴者が河野裕子ということで夫人も一緒にということになったのだと思うが、その年以降、記念写真には夫人も一緒に写ることになったようである。

夫人が記念写真に収まるということは、それまでになかったことである。後に「短歌現代」という雑誌の匿名時評《とくめいじひょう》で、そのことを皮肉っている文章に出あった。永田の賞は、河野に取らせてもらったのか、などという品の悪い文章であった。しかし、私はそんな愚劣な文章に何の痛みも感じないほど、その場を乗り切れたことが信じられないような気分だったのである。

その日は、私自身も、河野も多くの人に会い、話し、そして写真に撮られた。どの写真にも、美しく着物を着て、にこやかな河野の顔がある。数十分前まで、朦朧としながら荒れていた河野を想像することなど、どうしてもできないなごやかな、いい顔である。

自分の受賞を喜ぶなどという余裕は、私にはまったくなかった。このまま河野が爆発することなく無事に終ってくれとひたすら願うばかりで、その日のことはほとんど記憶にない。

島田修二さんが講評を述べ、大岡信さんや金子兜太《とうた》さんらが祝辞を述べてくださったはずだが、残念ながら何ひとつ覚えていないのである。あとのパーティでも、たくさんの人たちから次々と祝福をいただいていたはずだが、それもほとんど記憶にない。一刻も早く、河野を連れ帰りたかった。みんなから離れて一人になりたかった。

歌人として生涯もっとも晴れやかなはずのその一日は、私のこれまでの記憶のなかでも、もっとも惨《みじ》めな一日になったのである。あの日の河野を不憫と思い、家族を惨めに思い、そして私もやっぱり可哀《かわい》そうだったと思うのである。

それまで、わが家では賞を受けるのは、ほとんど河野裕子と決まっていた。二十三歳で、戦後生まれとして初めて「角川短歌賞」という新人賞を受賞して以来、河野は、ほとんどの賞を総なめにしてきた感があった。二〇〇〇年に乳癌を発病するまでに、すでに十ほどの賞を受けていた。

しかし、偶然ながら、河野の発病と前後して、なぜか今度は私に賞が付いてくることになった。河野がまだ受賞していない「若山牧水賞」「読売文学賞」といった大きな賞もいただいた。それに重ねて、『風位』で芸術選奨文部科学大臣賞と迢空賞をダブル受賞することになったのである。

常々、私をライバルと思ったことはないと公言していた河野であったが、自らが病気をし、そして遥《はる》か後方を歩いていたと思っていた私が、俄かに（受賞という点だけから言えば）自分と並び、あるいは追い越そうとしている。

ここでもやはり彼女は、置いてきぼり感を振り払えなかったのかも知れない。きっかけは、私が彼女の眠りを妨げたことにあったが、自分を置いて行ってしまうかもしれない私という連れあいを、なんとか自分のそばに引きとどめておきたい。そこからくる焦《あせ》りがあのような形で噴出したのであっただろう。

この五年一日一日を生き延びし思ひに過ぎきあなたの傍に　河野裕子『母系』

術後七年、障《さは》りなき日はあらざりきほつりほつりと柿の花落つ

つき合ひにくい生身《なまみ》とこころを連れてゆくコスモスの花の揺れゐる中へ　裕子『葦舟』

一日一日を必死に生きしのぎ、しかし一日として身体《からだ》に「障《さは》りなき日」はないと詠《うた》う。「つき合ひにくい生身とこころ」とは、彼女の実感だっただろう。自分でも辟易《へきえき》するほどに、こころが身体から遊離している思い。必死に自分の「生身とこころ」に折り合いをつけようともがきながら、彼女は再発、そして死への恐怖に耐えようとし

ていた。

時に、その過剰な思いが、爆発の発作となって私に向かってきたからと言って、私にはそれを逆に恨むことなどできようもなかった。

日の翳《かげ》る脳をつつんでゐる頭かはいさうに思ふかあなたが撫《な》でる

裕子『葦舟』

怒り、罵りながらも、私に撫でられることをひたすら望んでいたのだった。そんな彼女を避けようとしていたのは、私だった。

よき妻であつたと思ふ扇風機の風量弱の風に髪揺れ

裕子『母系』

どこをどうふらつきをりし魂《たましひ》か目覚むれば身は米とぎに立つ

裕子『葦舟』

「よき妻であつたと思ふ」は彼女の実感であっただろう。私もやはりそう思う。さまざまの険しい局面もあったが、私がついに疑うことができなかったのは、ただ一点、彼女が誰よりも私を愛しているという、そのことだった。「魂のお散歩」とよく言っていたが、目覚めがどんなにふらふらしていても、私に喰わせるための米を研ぎに立つのが、彼女だった。まぎれもなく「よき妻であった」。

あの時の壊れたわたしを抱きしめてあなたは泣いた泣くより無くて

裕子『葦舟』

後年、この一首を見たとき、私は、それまでの彼女の錯乱にも似た発作と激情の嵐《あらし》、私への罵言《ばげん》のすべてを許せると思った。まったく何も覚えていないのだろうと、そのことだけが私には悔しかったが、彼女は、すべてではないかもしれないが、少なくとも自分の挙動を覚えてくれていた。そして、その挙動に、なす術《すべ》もなく、途方に暮れていた私を正確に見ていた。

どう言ってもわかってくれない。どう接しても、心がつながらない。途方に暮れて、ある時、彼女を抱きしめたまま、泣いたことがあった。確かに私も悔しい思いで、そのことを覚えている。彼女のこの一首を見た瞬間、あの忌《い》まわしいと思っていた夜のことが、とても懐《なつ》かしく、甘美な匂《にお》いに包まれてしまったような気がしたのは、我ながら不思議であった。

この一首は、その後もなおしばらく続いた彼女の発作の折も、そして、河野裕子が私の前から死という境を越えて居なくなってしまってからも、私を支え続けてくれるお守りのような歌になったのである。

東京に娘が生きてゐることの

国の天然記念物に指定されている深泥池《みぞろがいけ》は、京都盆地の北に位置し、一万年以上前にできたとされる古い池である。上賀茂《かみがも》神社や大田神社、宝ケ池からも近い位置にあるが、淳の経営する出版社、青磁社は深泥池から歩いて数分のところにある。

一年を通じて美しい風景が広がり、浮島や湿原にはミツガシワやカキツバタ、あるいはトキソウなどの花が咲くほか、北大路魯山人《きたおおじろさんじん》が激賞したと伝えられるジュンサイが採れることでも有名である。いつ行っても、多くの水鳥を見ることができるし、初夏には牛蛙《うしがえる》の太い声が聞こえる。訪れる人も少ないので、私たち家族の好きな場所であった。子供たちが小さい頃、なんどか池を一周したことがある。

この深泥池の北のほとりに、京都博愛会病院がある。昔は人家がほとんどなく、博愛会病院だけが暗くひっそりと建っていた。この池は幽霊がでることでも有名で、京大病院の前で載せたタクシーの女性客が、深泥池まで来ると消えていて、後部座席が水に濡《ぬ》れていたなどという怪談話にはこと欠かない場所でもある。

二〇〇四年当時、この博愛会病院の精神科には、精神科医、木村敏先生が京都大学を退官されたあと、週に二日だけ勤めておられた。

木村先生とは、先生がまだ京都大学医学部の教授であった時代の同僚ということになる。大先輩であり、日本を代表する知の巨人に対して同僚は懼《おそ》れ多いが、胸部疾患研究所、次いで再生医科学研究所の教授であったあいだ、私はまた医学研究科にも属していた。研究科会議では、私も端の方に目立たないように座るのが常だったが、木村先生も私と対角線上の端に座っておられ、そこからはタバコの煙だけが悠然と立ち昇っていた。

研究科会議ではかなりなまなましい場面も多いが、そこで木村先生が発言されるのを聞いたことがない。それら〈俗事〉とは一線を画し、どこか超俗、超然とした雰囲気を漂わせておられた。もちろん『時間と自己』(中公新書)などの著書を何度も読み、また折に触れて引用したりしていた、こちらからの一方的な尊敬の念によるものだろう。後年、木村先生が河野裕子に「永田先生は研究科会議でも雰囲気が他とはまったく違って、その場から抜けておられました」と述懐されたということを彼女の口づてに聞き、うれしかったことを覚えているが、そんな雰囲気はまさに木村先生のまわりにこそ漂っていた。

一度だけ、私たちの歌誌「塔」への寄稿をお願いに、研究室に伺ったことがある。医学部の、あるいは理系の教授室というのは極めて殺風景なものである。文献のコピーがうずたかく積まれ、論文のファイルが無造作に並べられていて、成書はむしろ少ない。それもほとんど英語の背表紙ばかりが並ぶ。およそ哲学や文学などの本とは縁の遠い世界である。日々の大学の雑事をこなしつつ、圧倒的な早さで展開していく研究の前線に対峙《たいじ》するためには、大きな本をゆっくり読んでいるといった余裕が持てないというのが実情なのである。

木村先生の教授室は、書斎のようなゆったりした木造の部屋であり、壁の本棚には、哲学や精神医学に関する黒や濃い茶の背表紙が天井までぎっしりと並んでいるのであった。その静謐《せいひつ》な空間と厳粛な雰囲気に圧倒される思いであった。「医学部教授の部屋には見えないでしょう」とはにかむようにおっしゃったが、確かにその通り。「文学部みたいですね」と答えた覚えがある。

河野裕子の逆上性の発作に手を焼いていた私たち家族は、河野を木村敏先生の手に委《ゆだ》ねることにした。

河野はそれまでにも、不眠と鬱《うつ》症状から、精神科を受診していた。乳癌《にゅうがん》の手術をする前には、「塔」の若い歌人たちとの行き違いから精神的に大きなショックを受け、京大精神科の三好功峰《こうほう》教授を受診したこともあった。

手術後の精神的な不安定は、河野にとっても大問題で、自ら精神科を尋ね歩いて受診した。その時、三好先生はすでに京大を定年で辞めておられ、受診した後任の先生には深く失望して帰って来た。他の医院にも行ったことがあるが、鬱などの症状を抱えた患者にとっては、医師との信頼関係が言うまでもなくもっとも大切なこと。河野にとっては三好先生が絶対なのであった。

この医師の人物をはかる目つきして嫌なわたしよ診察室出づ
河野裕子『庭』

この歌はかならずしも精神科の医師を詠《うた》ったものではないが、「人物をはかる目つき」から、なかなか心底信頼できる先生にめぐり合うことがむずかしかった。

切羽詰って、河野には内緒で三好先生を追いかけるように、芦屋に近い武庫川《むこがわ》の山中にある病院にまで訪ねたことがあった。人里離れた場所の雰囲気からか、三好先生と話したあとは、逆に私自身が徒労感に打ちひしがれ、泣きたいような惨《みじ》めな思いで帰ってきたことを覚えている。

そんなとき、木村先生にお願いすることを思いついたのであった。子供たちとも相談し、木村先生にも電話で事情を話して、診察をお願いした。同じ職場で同僚として働いたことのある教授に、このような形の悩み事を話すのに抵抗がなかったと言えば嘘《うそ》になるが、そんなことは言ってはいられなかった。

二〇〇四年の五月、東京から紅が帰り、淳と二人で木村先生を博愛会病院に訪ねた。私は別の用があり、同席できなかった。河野の様子を説明し、翌日、紅が付き添って河野を博愛会病院に連れていった。

その時の様子は、紅から聞いただけだが、どの先生に診《み》てもらうということも告げられずに診察を受けた河野は、その途中で木村敏先生だと気づいて、はっとした様子だったという。河野裕子の場合、その人と相性が良ければ、そのいい面がどんどん出てくる。相性の良さは、その人を尊敬できるかどうかに大きく依存していた。全身棘《とげ》で鎧《よろ》っていた河野の様子が、受診の終りころにははっきり変化し、会計で精算していたとき、よく連れてきてくれたと紅に言い、紅も思わず涙ぐんでしまったと言っていた。

木村先生は、自分からはどうこうおっしゃらず、ただ聞き役に徹しておられたようだが、それが河野にはとてもよかったのだと思う。遂《つい》に私にはできなかったことだ。週に一度か、二週に一度、午後の一時間ほどを、木村先生と二人で話すという時間が設けられ、それはほとんど途切れることなく、五年ほど続くことになる。

それまでの医師が、抗鬱剤をいろいろ変えながら処方しようとしたのに対し、木村先生は抗鬱剤は使わず、安定剤としてデパスを処方されたくらいだろうか。もちろん木村先生に出会ってすぐに良くなったわけではなく、木村先生のもとに通うようになってからも何度も発作は起った。あるときは思いあまって、定年後、木村先生が研究室を持っておられた河合塾に淳、紅と三人で相談に行ったこともあった。私自身が河野と一緒に博愛会病院を受診したこともあった。激情に抗しきれず、私だけでなく、木村先生にも食ってかかるという場面も目撃した。もう少し世代の進んだ抗鬱剤を使ってはもらえないだろうかと相談したこともあったが、先生はそれには頑として同意されなかった。結果的にそれは良かったのだと感謝している。

河野の病状は、一進一退を繰り返しつつ、それでもきわめてゆっくりしたペースで回復しているのがはっきりわかった。いざという時には木村先生に駆けこめるという安心感が私には何よりありがたかった。避難港を得たような気分であった。
木村先生は、河野には、祖母ジュネ、母君江、河野そして娘の紅へと続く母系の問題が大きく潜在しているという考えを持っておられた。激しい母系の血が流れ、それが時折、大地からマグマが噴出するように噴き出すのだから、止めようがないというのが先生の考えであった。それについては、私自身は全面的に同調することができないし、今もそうなのだが、私たち家族にとっては、哲学的解釈よりは当面の発作をなんとかしてほしいというのが、正直なところもっとも大切なことであった。

ものごとに意味は無いんです　木村敏《びん》眼鏡の弦《つる》をゆつくり揺らし
河野裕子『蟬声』

裕子さん誰もあなたを止められないあなたは大地に直結してゐるから
組みてゐし脚組み直し分かりませんと語彙をつぎたりこの碩学は

河野は、どんな時でも木村先生のところにはきちんと通うようになり、それは私には一すじの光明とも意識された。むしろ木村先生に会うのを楽しみにしているという風であり、そこで話したこと、話されたことのいろいろを私にも楽しそうに話す。

　木村先生自身が、ご自分の悩みを河野に話されることもあったようで、ある種の学者莫迦《ばか》ぶり（これは河野にとっては褒め言葉なのだが）を面白そうに話し、「あなたよりひどいわよ」などと言ったりしたものだ。医師と患者という関係を離れて、心の問題をじっくり話しあえる相手という関係に徐々に変っていったのだろう。

　河野の肩凝りはひどいものだった。左胸を手術して以来、その部分が線維化し、肩から背中にかけては強い拘縮《こうしゅく》が見られた。年から年じゅう灼《や》けるようだと言い、鋼鉄の板をはめられているみたいとこぼした。整形外科にも通い、水泳も続け、ヨガや整体にも通っていたが、一向に良くなることはなかった。

　整形外科では消炎鎮痛のカトレップという貼《は》り薬を処方してもらっていたが、これがめっぽうよく効いた。ある時、医師ならどこでも処方してもらえるのではないかということで、木村先生にこの貼り薬の処方をお願いしたのだそうだ。たぶん私にも相談したのだろうし、私も、頼んでみたらくらいにいい加減なことを言っていたのかもしれない。

　その時の木村敏先生の困った様子がとてもおもしろかったと、折に触れて楽しそうに話した。そもそも精神医学の大家に肩凝りの処方をお願いするのも無茶な話だが、「うーん、困りましたねえ、そういう処方はしたことがないんで」と言いながら、ちょっと聞いてきますと薬局へ訊《き》きに行かれたのだと言う。

貼り薬貼りくるる君の掌がポンと叩《たた》いて背中を離る　河野裕子『母系』

彼女の背にカトレップを貼るのは、私の役割。日課のようになった。寝に行く前に背中に三枚をうまく貼り、「はい、寝ておいで」と送り出すのである。

月曜日あるいは火曜日、深泥池のほとりの診察室での、木村先生と過ごす午後のひと時は、自分をさらけ出すことによってぼろぼろになるほどの辛《つら》い、疲れる時間であったようだ。帰ったらそのまま寝込んでいた。しかし、いっぽうでは日溜《ひだ》まりのようにゆったりと自分に向きあうことができる時間、心待ちにするような時間ともなっていったようだった。

「精神科医にとっては、どんな診察もなにかの新しさが待ち受けていて、だから何十年やっていても飽きることがないのだが、なかには手帳に書いたその日の予定を見て、あ、今日はこの方が来られる、と朝から心待ちにするような診察もある。河野裕子さんはそのなかでも、断然筆頭にあがる人だった。」

（木村敏「ひとつの世界」、「塔」河野裕子追悼号、二〇一一年八月号）

河野自身にとっても、木村先生との出会いは医師と患者という関係を越えて、その晩年に大きな意味を持つものになった。

後年、河野の亡《な》くなる二日前に木村敏先生がわが家まで見舞いに来て下さった。河野はもう起き上がることもできなかったが、私は席をはずし、しばらく二人だけの時間を作った。

長いあひだつき合ひくだされし木村敏右頰のあたりのほくろ懐かし
裕子『蟬声』

この人とはもう今生は会はざらむ八十四歳の握手求め来

河野が家族以外で会った最後の人が木村敏であったことに、私は特別の思いを持っている。家族以外では、河野の精神面をいちばん知ってもらっていたのが木村先生であっただろう。そしてそんな特別の一人が、河野が真に尊敬できる人であったことは、河野にとっては何より幸せなことであったと思うのである。

強い子の紅《こう》が罹《かか》りたるこの病あまりにおそろし笑ひさうになる　　裕子『母系』

拍動は如何《いか》にかあらむ三角巾に胸を庇《かば》ひて子が歩みくる

東京に娘が生きてゐることの一日いちにちがたいせつとなる

紅は二〇〇四年から博士研究員（一般にポスドクと呼び慣わしている）として東京大学で働くことになった。母親を心配して、何度も東京から帰ってきてくれていたが、今度は紅に一大事が起こった。

時折電話で、目の前がまっ黒になって立ち眩《くら》みがする、意識が遠のいて倒れてしまったなどという訴えを聞いていた。それが心臓の房室ブロックであると診断されたのは、その年の秋だった。駒場《こまば》の診療所から、本郷の診療所に行けと言われ、心電図をとったところ、すぐに入院を命じられたのだという。関東中央病院に入院、手術をしてペースメーカーを入れなければならないということになった。

すぐに東京へ行き、主治医の手術の説明を入院中の紅と一緒に聞いた。主治医に対して、的確な質問をしている娘のその冷静さと、はかなげな肩が一入《ひとしお》哀れに思われた。

紅が軽い調子で、風邪をひいていたからかなあなどと言っていたことから軽く考えすぎてしまったこともあるが、それにしても意識を失ったという訴えを貧血かも知れないねなどと、放っておいたことに愕然《がくぜん》とする思いだった。ひょっとしたら、独り暮らしの下宿で死んでいたかも知れないと思うと、心底ぞっとするのだった。

紅の病状をそんなに深刻なものと受け止められなかったのは、やはり河野のことで精神的に精一杯であったことが大きかっただろう。紅は私の相談相手として、しっかり支えてくれていた。淳と紅という支えがなかったら、私は持ち堪《こた》えられなかっただろう。紅に一方的に相談するばかりで、紅の訴えを聞く余裕が私の方にはなかったのである。紅の病気は、私へ下された、あるいは私と裕子の未成熟さへ下された罰のように思えて仕方がなかった。

幸い手術はうまくいき、高度房室ブロックとは言え、数年から十年に一度ペースメーカーを取り替えるだけで安心らしい。手術の日には淳が付き添った。秋の夕暮れ、病室から馬事公苑を見下ろしているのは、いかにもうら寂しく、病院からの帰り道は、東京という地にひとり入院するわが娘が不憫《ふびん》でならなかった。われ知らず感傷的になるのをどうしようもなかった。

この時期、河野の精神状態は決してよくはなかったが、いつも不安定であったという訳ではなく、機嫌よく暮している時間のほうが長かった。木村先生のもとに通うようになって、河野が徐々に良くなり始めているのを実感した。河野自身を含めて、家族みんながある種の安堵感《あんどかん》を持ちはじめていたようにも思う。

そして、いま思い返してみると、この期間に一緒にあちこち旅行をした回数はかなりのものになるだろう。ニューヨーク郊外のコールドスプリングハーバー、ハワイ、インド、オーストラリア、台湾などをはじめとして、河野はよく私についてくるようになった。

河野は根っからの方向音痴。おまけに英語が話せないので、私が学会に出席しているあいだは、ずっとホテルの部屋に閉じこもっていた。一人で本などを読んでいてなんの不満もない。夜や学会のあいまに一緒に市内を歩くことはあっても、ひとりで見物に出かけるということは一度もなかった。おまけに国内でも国外でもいわゆる名所旧蹟《きゅうせき》というものにはほとんど興味がなく、道の辺に咲く草花を見て、ああこれは日本でも同じだなどと、そんな興味のほうが断然強かった。ただ私と一緒に居られるからついてくると、そんな風だった。

二〇〇七年には「河野裕子先生と行く短歌紀行―北イタリアとスイスアルプスの旅」という企画があった。前年は同じＮＨＫ学園の企画でイギリス湖水地方へ行っていたが、このイタリア、スイスの旅では、たまたま私がヨーロッパ諸国を二週間かけてまわるという出張と重なり、途中二度ほど河野らの一団と合流した。スイス国境に近いイタリアのコモ湖もそのひとつ。

河野と一緒の参加者は二十名ほどだっただろうか。みんなが河野を好きで仕方がないという雰囲気。河野は疲れてはいたが、みんなの中心でにこにこと楽しそうだった。私が思わぬところで合流したことで、その日の歌会も盛り上がった。

レストランで夕食を取ったが、その日はＮＨＫ学園から付き添いで来ておられたＩさんの誕生日に当たっていた。同行のＫさんが立ちあがりみんなを促してハッピーバースデイの合唱になった。レストランの他の客らも唱和してくれて和気藹々《あいあい》といったムード。こういう時欧米人たちは実に乗りがいい。次には向うのテーブルにいた一団の人々が何という曲か、英語の歌を歌ってくれた。しずかな品のいい曲であった。旅にある時には、特別にハイテンションになりやすいもの。こちらからも何かお返しをと、またまたKさんの指示で今度は日本古謡「さくら」を歌うことになった。ぶっつけ本番にしてはなかなかいいハーモニーである。他の客や、件《くだん》の一団からも大きな拍手。なにやら期せずして国際交流の雰囲気である。

と……。今度は、向うのグループの指揮者が全員を立たせた。おっ、いよいよ本気でこちらに挑戦する気かと話しはじめたとき、彼らが歌い出したのは「ジェリコの戦い」。混声合唱、それぞれのパートが絶妙のハーモニーなのである。ここに到《いた》って、これはとても素人《しろうと》集団でないことは私のようなものにだってわかる。レストランの他の客もしんとしていっしんに聞きいっている。終ったところで大拍手。

彼らはカリフォルニア、サクラメントの教会の聖歌隊なのだという。明日、ミラノの大聖堂《ドウオモ》でコンサートを開くために来ているという。うまい筈《はず》だ。プロの前で素人の俄《にわか》仕立ての日本歌唱隊が歌ったという構図だが、もちろん最初から彼らの素性を知っていたらとても歌えなかっただろう。河野も私たちも、しかしその夜は大喜びであったのは言うまでもない。

河野と二人だけで、旅のためだけに出かけた旅行もあった。二〇〇四年十月、秋田の乳頭温泉郷のなかの最奥《さいおく》、黒湯温泉に行ったのは、のちのちまで二人の大切な記憶になった。以前、秋田大学の集中講義のあとで連れて行ってもらったのがあまりに良くて、今度は河野と一緒に行くことにした。

秋田空港でレンタカーを借りて、芭蕉《ばしよう》の奥の細道最北の地、象潟《きさかた》まで足を伸ばした。そのあと田沢湖から乳頭温泉に入った。黒湯温泉は最後の秘湯と言われるだけあって、実に素朴な温泉である。すぐ傍らに源泉があり、いくつもの小さな湯舟はすべてかけ流し。いくつかは混浴で、夜、二人で浸っていても他に誰も来ることがなかった。売店も自動販売機もなく、部屋にはテレビもない。裸電球が一個天井からぶら下がるだけで、いかにも湯治場である。

この旅では歌人の春日井建が、末期癌の治療に行ったことで歌人仲間ではよく知られていた玉川温泉にも足を伸ばした。癌によく効くと言われているラジウム泉であり、かつ岩盤浴が有名である。岩場のあちこちから蒸気が噴き出し、筵《むしろ》を敷いて横たわっている人々が多く居たが、傍を歩きつつ、次第に二人とも無口になっていった。私は早くここを出たいと焦《あせ》り出した。この一種荒涼とした風景が、河野の精神を乱さないかと恐れたからであった。

たとえ再発して、末期になったとしても、ここには連れて来たくないと思ったのだった。

いよいよ来ましたかと

私たち一家は、なぜだか引っ越しの回数がやたらに多い。青磁社から「牧水賞の歌人たち」というシリーズが出ているが、その第三巻『永田和宏』が出たとき、中に「永田和宏のあしあと」という企画があった。これまでの引っ越し回数と場所を地図上に描き出したのである。その数、実に二十三回。結婚以降のものだけでも、アメリカでの二回を含めて十三回。転勤族であったという訳でもなく、引っ越し好きだったという訳でもない。なんとなくである。しかし、三年に一回！

そんな引っ越し癖（？）の故《ゆえ》か、どこに住んでもそこが自分の家だという実感を持てなかったような気がする。自分たちはやがてまたどこかへ移っていくのだと思っていた。根なし草の感覚である。それが今の岩倉の家に住むようになって、ようやくここが終《つい》の棲《す》み家《か》と実感するようになっていた。

この家で俺らは死ぬさと言ひながら棕櫚《しゅろ》の徒長枝伐《き》り始めたり
河野裕子『家』

長谷八幡鳥居のうちに君と棲むたったふたりとなりたるわれら
永田和宏『風位』

この家で死のうかとひとに言いながら落葉の底に火を挿し入れぬ
永田和宏『荒神』

現在の家を買ったのが一九九八年の秋であった。少し広い庭が気に入って思い切って買った。大きな欅《けやき》と古い桜があり、一隅は竹林になっていた。引っ越した冬には、庭の半分が真っ赤になるほど、藪椿《やぶつばき》の花が散り敷いた。大きな江戸柿の木が庭の真ん中にあり、熟れた大きな渋柿がどんどん庭に落ちる。南側の庭には、一面コスモスを植えた。コスモスは河野がいちばん好きな花のひとつだ。

落葉を掃き、よく焚火《たきび》をした。ようやく落ち着ける場を得たという実感があった。子供たちが家を去り、これからは二人だけの生活になる。二人だけの時間が残されるということが身に沁《し》みて思われた。

家を買って翌々年、河野に乳癌《にゅうがん》が見つかった。家を買ったり、新築したりすると、不幸が起こるとよく言われる。因果関係の有無はさておき、大きな生活上の変化は、どこかに反動を呼びこむということなのだろう。裕子の癌をそれに結びつけたことはなかったが、チラッとそのことは頭をかすめた。

二〇〇七年ごろから、この家を建て替えたいと思うようになっていた。河野が発病して以来七年。ようやく目安となる五年を過ぎたことが、気分的に明るさをもたらしていた。河野の精神状態が落ち着き始めていることも、家族にとっては明るい材料であった。

当時の家は前に住んでいた人の建てたものを改装して使っていた。リビングは一階にあり、台所は北側、竹藪に面している。この竹藪が河野の精神的不安の大きな要因の一つでもあった。彼女自身はいつも「竹藪さま」と呼んでいたが、竹藪さまがごおっと攻め寄せて来るとよく言った。夕陽が竹藪を真っ赤に染め、そこにカナカナが鳴きはじめると、どうしようもなく不安でたまらなくなるなどと、口ぐせのように言っていた。この竹藪を河野の生活から遠ざけておくことも必要なこと。何より、いくつもの辛《つら》い痕跡《こんせき》が残る家を新しく建て直して、もう一度新鮮な気持ちで老後に備えたかった。

設計士と相談し、台所、リビングなど生活の主な場を二階にするなど、かなり思い切った設計図ができあがった。二階の明るい、開放的な空間で日常の大部分の時間を過ごすことは、河野の気分を明るくするのに役立つだろう。

建て替えのあいだの仮住まいをどうするかという段になって、はたと困った。わが家には二匹の猫がいる。

以前、

吾と猫に声音《こわね》自在に使いわけ今宵いくばく猫にやさしき　永田和宏『華氏』

などという歌を作ったことがあったが、河野の猫好きは、知る人ぞ知る、ちょっと異常である。なによりも猫が優先。ムーと呼ぶ一匹は老嬢であり、一歩も外へ出ようとしないから、これはアパートなどの部屋で飼うのに問題はない。問題はもう一匹のほう、トムという雄猫である。河野の溺愛《できあい》の対象であるが、これが無愛想なわりに可愛《かわい》いのである。

もともと淳が、釣り雑誌の記者をしていた時代に、三重県の漁港で烏《からす》に襲われていた十センチ足らずの子猫を拾ってきたのだった。雉猫《きじねこ》である。ほとんど死にそうなところを拾われてきた。哺乳瓶《ほにゅうびん》から牛乳を飲ませて養った。なんとか無事には育ったものの、体格は小振りである。小さな癖に向こう意気だけは強い。河野はそこに自分を投影しているようであった。

毎日縄張りの見廻りに出かけ、喧嘩《けんか》をして傷ついて帰ってくる。気に入らないと突然噛《か》みつく。一緒にいる時間は圧倒的にムーのほうが多いのだが、なぜか気持はトムと通じている気がする。目つきも、人相も悪いが、とにかく可愛いのである。河野も、私もトム派。紅だけは、トムは可愛いけれど、ムーが可哀そうだからとムーに肩入れをした。

どこを探しても、猫を飼えるアパートは見つからない。部屋で飼うのならまだしも、外歩きが日課のトムを部屋に閉じ込めておくことなんて、とてもできない相談である。

どんどん取り壊しの日が近づいてくる。見かねて、淳が自分たちの家を提供してもいいと申し出てくれた。淳一家は、同じ岩倉でも、岩倉具視《ともみ》の旧居や実相院に近い家に住んでいた。それは、私たちがその十年ほど前まで住んでいた家である。そこに仮住まいしてもいいぜ、と言うのである。

私たちが淳の家に移り、淳は別のアパートを借りる。ところてん式に押し出すという構図だ。費用も手間も二倍かかるし、なんという子供じみた、身勝手、わがままな親かとも思うが、とりあえずは猫のため、すまんすまんと言いながら乗ってしまうことになった。

淳のところは小さな子供が三人の大家族。四人目がちょうど産まれようとしていた。事実、引っ越しの一週間前に、四人目の颯《そう》が産まれた。さすがに四人目ともなると二人とも慣れたもので、引っ越し当日も、生まれたばかりの赤ちゃんは畳に寝かされたまま、平気で引っ越し作業が進んでいった。淳もそのつれあいの裕子さんも(河野と同じ裕子なのである)、決して愛想のいいほうではなく、どちらもむしろぶっきらぼうと言ってもいいほどであるが、〈子供親〉と思っているらしいわれわれ夫婦に対しては、どこか心底やさしいのであった。

こうして私たちは、昔住んでいた上蔵《あぐら》町の家に移り、長谷《ながたに》町の家では取り壊しが始まった。それが二〇〇八年七月。

その七月十六日に、転移が見つかった。

手術から八年。一年一年を祈るような思いで過ごしてきた。五年が過ぎたときには、シャンペンを開けた。六年、七年、八年と、誕生日よりも、結婚記念日よりも、定期検診の結果をクリアすることのほうが、大きな意味をもっていた。

毎年のお祝いの夜、二時、三時まで二人でとりとめもない話をしている時間は、至福のひとときとも思われた。酔っていくのは私ばかりで、裕子はあまり多くは飲まなかったが、ウイスキーを生《き》で飲みながら、いつまでも私につき合った。酒を飲みたいというよりは、二人で話している時間を終わらせたくないために、私たちは飲みつづけていたのだったろう。

癌では通常五年を過ぎれば、一応全快したとみなされる。しかし乳癌の場合は、五年を過ぎても必ずしも安心とは言えない。そんなことは、知識としてはもちろん知っていた。だが、こと自分の妻に対してだけは、そのような客観的な認識は無意味だった。八年も過ぎたのだから、よし、もう大丈夫と河野にも宣言した。何より自分が、大丈夫と思いたがっていた。

まぎれなく転移箇所は三つありいよいよ来ましたかと主治医に言へり

河野裕子『葦舟』

転移・再発は、術後定期的に受けていた検診で見つかった。「いよいよ来ましたか」には、実感がある。当時の主治医、京大乳腺《にゅうせん》外科の竹内恵先生も「腹部超音波検査にて肝転移疑いの所見を認め、7月16日ご本人に結果説明。このとき『とうとう来ましたか』と誰に言うでもなくおっしゃっており、いつか再発するだろうと思われていたようでした」（竹内恵「裕子さんの思い出～診療の記録より」、「塔」河野裕子追悼号、二〇一一年八月号）と記されている。

「とうとう」あるいは「いよいよ」という言葉こそ、私たち家族がこの八年、もっとも怖《おそ》れていた言葉なのであった。誰もが意識していながら、誰もが口にしなかった言葉。無視しようとすればするほど、その可能性が大きく感じられてくることは致し方なかったが、それでもそれはあってはならなかった。

その時のことを考えると、裕子に申し訳ない気持ちになる。再発と聞いて、まっさきに私の頭をかすめたのは、ああ、またあの修羅場が再来するのかという絶望的な思いであった。

手術可能な原発の癌より、事態はいっそう深刻である。決定的な治療法は現在ではないと言わざるを得ない。そんな深刻なわが身の状況に彼女が耐えられるだろうか。

河野を不憫《ふびん》に思うより、二人に残された時間の短さに慄然《りつぜん》とするより、まず最初によぎったのが彼女の精神状態に対する危惧《きぐ》であったことを、懺悔《ざんげ》にも似た思いで、いま思い返すのである。

そして、ああ、やっぱり家の建て替えが絡《から》むのかと、科学者らしからぬ思いにも囚《とら》われた。乳癌の発覚がこの家を買った二年後、そして新しく建て替えるべく家移りをした直後に再発。「こんなことなら建て替えなければよかった」と私が漏らしたことがあったと、紅が言う。

しかし、再発がわかってからの彼女は、むしろこちらが驚くほど冷静に事態を受けとめていった。想定の範囲内のこととして受けとめ、対処しようとしていた。

そのような裕子の対応には、裕子の母親に癌が見つかり、緩和ケアの段階に入っていた、そしてその容態が次第に悪くなっていく時期であったことが大きな影響を持っていたかもしれない。自分の病状だけを見つめて、蟻《あり》地獄のような穴に、閉じ籠《こも》ってはいられない事情があった。

母と娘は、激しい葛藤《かっとう》の末に互いに憎みあう場合もあるが、逆に何よりも強い一体感で結び付いている場合もある。河野裕子の場合は、典型的に後者であった。

父親の河野如矢《ゆきや》との相性が悪く（本当は、性格が似すぎているところがあったのだが）、幼児期より父親を徹底的に避けていた。その分、母親との密着度は大きかった。河野の言によれば、自分の父親と正反対というのが、私を結婚相手として選んだ大きな動機でもあったのだそうだ。それはともかく、結婚してからも母親との一体感は変わらず、ほとんど毎日のように電話で話をしていた。わが家の電話代の大部分は、河野の実家との通話で占められていたはずだ。

河野君江は、懐《ふところ》の深い包容力のある人で、何でも聞いてくれるという存在。大きな容量のやわらかな器という雰囲気をもっていた。実の母親を知らない私自身、その君江さんには、自分の母親に対するような懐《なつ》かしさを感じていた。裕子にとってその存在は、私に対するのとはまた別の意味で、心の拠《よ》りどころでもあったはずである。

河野如矢は二〇〇二年の五月に亡《な》くなったが、その少し後だろうか、君江さんに軽い認知症の症候が見られるようになっていた。君江さんに癌が見つかったのは、二〇〇八年の春。卵巣癌であったが、膵臓《すいぞう》にも癌があり、見つかったときには手遅れ。私たちは滋賀県の済生会病院に母を見舞い、主治医とも相談したが、手術はあきらめざるを得ない。裕子に再発が見つかる、数カ月前のことであった。

死ぬまでに時間はそんなに無いひとに今年の桜の一枝を持ちゆく

河野裕子『母系』

お母さんあなたは私のお母さんかがまりて覗《のぞ》く薄くなりし眼を

河野の実家は、滋賀県の石部町（現湖南市）にあった。京都からそんなに遠い距離ではないが、仕事が忙しく、また自分の病気のことなどもあって、彼女が頻繁に実家に帰るということはなかった。しかし、母に癌が見つかってからは、私たちは何度も石部に母を見舞った。

京都で何があつたのと母は言ふ額《ぬか》に額あてて私が泣けば

裕子

この母に置いてゆかれるこの世にはそろりそろりと鳶尾《いちはつ》が咲く

みんないい子と眼を開《あ》き母はまた眠る茗荷《めうが》の花のやうな瞼《まぶた》閉ぢ

末期《まつご》にさしかかろうとしている病人の額に自分の額をつけて、裕子が泣く。「京都で何かあったの？」と母が尋ねる。この期に及んでも、そして認知症が進み、現実が遠い存在になっていても、なお紛れもなく母親であることが哀れであった。
「この母に置いてゆかれる」という懼《おそ》れは、再発という恐怖を相対化してしまうほどの心配だったのだろうか。「みんないい子」というかすかな声は、君江さんらしく、つつましい、最後の感謝の言葉だった。「みんないい子ありがたう　この後《のち》のわれらを支へることばとならむ」（『母系』）という歌があるが、それが河野のある部分を支えていたことは間違いない。河野君江は、その年の九月三十日の朝に亡くなった。

「今朝、母が亡くなった。昨夜、家族そろって見舞ったが、母にはもう目を開ける力が無かった。耳元で、お母さん、みんなが来ましたよとささやくと、ゆっくりと口をあけ、「ありがとう」と言おうとしていることが口の形で分かった。卵巣と膵臓の癌、加えて大腿部《だいたいぶ》骨折という苦痛のなかで、七ヶ月よく耐え生きてくれた。生涯にただの一度もわたしを叱《しか》ったことが無い母だった。どんな事を言ってもスポンジのように吸い取って、何も言わず聞いてくれ、一緒に居ても気疲れすることのない人だった。働きづめの人生だったが、いつも元気でよく笑い、わたしにとっては、

この上ない母であった。」（『母系』あとがき）

君江さんわたしはあなたであるからにこの世に残るよあなたを消さぬよう　裕子

「わたしはあなたであるからに」の強い一体感は、裕子にとってはレトリックを越えた実感であったはずだ。そしていっぽうで、この時おそらく初めて、彼女は母親と別々に生きていくということをはっきり自覚したのだろうと私は思う。「わたしはあなたであるからに」、その「あなたを消さぬよう」私は「この世に残るよ」。残って生きていく、生きていかねばならない、そんな強く、かなしい意志がくっきりと立ち上がる。

もう一つ、河野の心配ごとの最たるものとして、トムの失踪《しっそう》事件が加わったのは、淳の家に移ってすぐのことであった。

新しい家に移っても、トムの外回りはいっこうに改まらなかった。しばらくしてトムが帰って来なくなった。二、三日帰らないことはざらにあったので、初めは気にしなかったのだが、三日が四日となり、一週間となるとみんな慌《あわ》てだした。新参者である。どこかで地元のボス猫と喧嘩をして瀕死《ひんし》の重傷を負っているのではないか。事故にあって死んだのではないか。

もちろん裕子がいちばん心配した。気が狂うほど心配した。朝から晩まで話すのはトムのことばかり。近所中を捜し廻る。私にももちろん出動命令が下る。朝の出勤前、帰宅後、「トム、トム」と大声で家々の隙間《すきま》を捜し歩いた。

ポスターも作った。トムの写真をスキャナーにかけ、二枚をコンピュータに取り込んで、名前、特徴、連絡先などと共に印刷した。情報提供者への謝礼の金額も書き入れた。なかなかの出来栄えである。その数五〇〇枚。近所の家に一軒一軒配り歩いた。夏休みの夜回りがあると聞き、世話人の方に頼んで、二、三十人の夜回り集団の会合に顔を出し、配布をお願いした。銀行、スーパー、生協などは、個別に訪ねて貼《は》らせてもらった。派出所へもポスターを持って三人でお願いに行った。派出所の警官は苦笑いしながら、遺失物の届け出書類を書かせた。トムが遺失物かと、なんだか愉快であった。

八方手を尽くしたが、トムは帰らなかった。東京に行方不明の猫を専門に探すという会社があると聞いて電話もした。ほとんど諦《あきら》めかけていた頃、そう三週間ほど経《た》っていただろうか、ある夜、トムが帰って来たのである。げっそり痩《や》せ、明らかに傷ついて、その傷が癒《い》えるまでを、どこかに潜んでいたのに違いなかった。紅が見つけ、私と河野とが迎え入れた。トムはやっぱり無愛想で、それでも餌《えさ》とマタタビを旨《うま》そうにたいらげて、しっかり眠った。河野は喜ぶというよりは、へなへなと腑《ふ》抜《ぬ》けになったようであった。

このトム失踪事件は、わが家の重大事件のトップ10の一つとなり、語り継がれることになった。事あるごとにこの事件を蒸し返して、みんなで笑いあったものだ。わが家はみんな乗りがいいというか、ばかばかしくもお祭り家族なのである。ポスター五〇〇枚を配り歩くなんて、学生時代に早朝のオルグのビラ配りをして以来のことであった。

再発に併行して、母親の終末期の癌があり、トムの失踪事件があった。河野の心を痛ましめたそのような事件が一種の緩衝剤《バッファー》として、再発というもっとも懼れていた状態にあって、確かに彼女の精神を保護したように思う。私たちは河野の冷静さを見て、ほっとしたことだった。

しかし、再発後の、静かに凪《な》いだ水面のような精神の安定は、そんな外的な条件によるものではなかった。最初に癌の宣告を受けて以来、死というものを考えに考え、おかしくなるほどに真剣に考え抜いた末に、彼女が辿《たど》りついたある種の精神の高みなのであった。

歌人としての力量は別にして、日常のさまざまの局面における河野の行動の規範については、多くの場合、私が指示し、彼女はそれに従うという形でやってきたという自信があった。私は彼女の管制塔のような存在であった。

しかし、この再発を機に、彼女はどこかで私を突き抜けた。私には及ばない断念と諦念《ていねん》、そして死に臨む強い意志、生きてある生の時間を愛《いと》おしむ健気《けなげ》な感覚と、生と死に対する思慮において、いつの間にか、私の手の届かぬ遥《はる》かな精神の高みに至っていたと思うのである。それを私が実感するようになるのは、遥かのちになってからであった。

一日が過ぎれば一日減つてゆく

河野裕子に乳癌《にゅうがん》の再発が見つかってしばらくの後、二〇〇八年八月のある日、私たちは京都御苑にいた。河野と私、それに淳と紅である。真夏の日差しの強い、暑い日であった。

再発転移ということからは、化学療法が避けられないものになる。実際その九月から抗癌剤治療が始められることになっていた。通常の抗癌剤は、増殖の早い細胞を狙《ねら》い撃ちにするものが大多数であり、癌細胞と正常細胞とを区別して殺すものではない。癌細胞は分裂速度が早いからより強いダメージを受けるが、正常の細胞も分裂の盛んな細胞は同じようにダメージを受ける。癌細胞と正常細胞のどちらがしぶとく生き延びられるかという根競《こんくら》べなのでもある。

骨髄で増殖している血液幹細胞や、皮膚の細胞などは特にダメージを受けやすい。髪の毛を作る毛母細胞も細胞分裂が盛ん。化学療法が始まれば、否応《いやおう》なく脱毛が始まる。

河野は六十歳を過ぎても、一本の白髪もない黒髪であった。本人も、私が自慢できるのは髪の毛と爪《つめ》だけよ、などと言っていたが、彼女のささやかな誇りのひとつが髪の毛であった。誰もが、髪を染めていると思っていたようだが、一度も染めたことはなく、まっ黒な、そして豊かな髪であった。和服を着て髪をアップにすると、特にその襟足が美しく、私はそれを見るのが好きだった。

脱毛が始まれば、再びその豊かな髪をもった河野の姿を見られなくなる。患者用の鬘《かつら》は、今はとても良くなっている。しかし、どんなに精巧に作られても、襟足や髪の生《は》え際《ぎわ》を含めて、自然のままをミミックする（なぞる）ことはできない。

後に脱毛してからは、ウイッグと呼ばれる鬘を着用せざるを得なくなった。ウイッグを作ってもらう場には、必ず私もつき合ったが、それは私にデザイン上の知識があるからではなく、その場に彼女を一人で置いておくことが忍びなかったからであった。彼女も一緒に来てくれるように、いつも私に言った。三種類ほどのウイッグを作り、まっ黒だとあまりにも目立ちすぎるような気がして、初めて少し焦《こ》げ茶《ちゃ》をまぜた色にしてもらったりもした。仕様がないとは思いながら、もとの髪の自然さと豊かさにはとうてい及ぶものではなかった。

それを着用して、人の多く集まる場にも積極的に出席し、何度も講演を行ったし、新聞インタビューにもけなげに応じていた。新聞や雑誌に楽しげに笑っている顔が載るたびに、私にはそれがこたえた。私以上に、彼女が辛《つら》かっただろう。平気な顔をして人前に出て、ほがらかに笑っていたかげで、鏡に映った自分の姿をどれほど悲しんでいたかを私は知っている。

どうしても今のままの姿を残しておきたかった。本来の美しいままの彼女をせめて写真に残したかった。

淳と紅に話し、一緒に撮影会をやろうと応援を頼んだ。彼女自身はあまり乗り気ではなかったが、それでもお気に入りの薄青色の着物を着た彼女を、三人で京都御苑に連れ出した。

紅は、厚紙にアルミホイルを張り付けてレフ板を作った。淳は、もと釣り雑誌の記者をしていた時に、カメラワークを習ったセミプロである。淳が一眼レフのデジカメ、紅がコンパクトデジカメ、そして私がフィルムを装塡《そうてん》した古いニコンの一眼レフと、それぞれがてんでに違ったカメラをかざして、彼女を囲んだ。遠くから見れば、おかしな撮影会と映ったのだろうが、日傘をもってゆっくり御苑の芝生を歩いてゆく彼女に話しかけながら、それは楽しい時間であった。

京都御苑でひととおり撮ったあと、私の研究室で休憩し、そこでも着物姿の彼女の写真を撮った。「河野裕子を偲《しの》ぶ会」で使った大きなパネル写真は、この時のものである。そのあと洋服に着替えた彼女を、深泥池《みぞろがいけ》に連れて行って、池を背景に撮ったりもした。すでに夕暮れに近かった。

いま考えても、このとき強引に彼女を連れ出し、家族撮影会をやったことは良かったと思う。家族の誰にも、しばらくあとにやって来ることの重大さはわかっていた。河野に直接現れるであろう変化も予想された。そんなこれからへの思いを封印したまま、その半日は、河野だけを中心に親子が同じところを歩いたのだった。傍目には不思議な、あるいは和やかな光景であっただろうが、逃げて行こうとしている「いま」を、それぞれが必死に繫《つな》ぎとめようとしていたのかもしれない。哀しいが、ほのぼのとなつかしい景である。

髪あるうちにと家族三人が撮りくれし写真の中に誰もほほゑみて

河野裕子『蟬声』

河野の再発と前後して、私たちが新しくはじめた仕事に、後に『京都うた紀行　近現代の歌枕を訪ねて』（永田和宏・河野裕子、京都新聞出版センター、二〇一〇年）として一冊にまとめられることになった連載があった。

二〇〇五年から七年までの二年間、私は地元の京都新聞紙上に、俳人の坪内稔典《ねんてん》氏と月一回のペースで連載をやった。毎月ひとつの言葉が指定され、その言葉が短歌と俳句でそれぞれどのように詠《うた》いこめられているかをエッセイ風に書くというものであった。それが一段落つくことになり、文化部の栗山圭子さんから、ぜひ次の企画をと要請されていた。

河野とは以前から、京都の歌枕《うたまくら》を書いてみたいねなどと話していたので、その話をしたら、即、是非お二人でということになった。歌枕と言っても、古典的な歌枕ばかりでなく、もっと現代的なもの、現代短歌に詠《よ》まれて歌枕として出現したもの、しそうなものにも焦点を当ててみたいというのが二人の案であった。

やりたいね、などと話していても、実際にはまだ何の資料もない状態からのスタートである。私たち夫婦のやることはいつもこんなふうで、行き当たりばったり、当たって砕けろである。とにかく走りだしてしまうのだ。

それぞれが月に一度書く。京都、滋賀の特定の「場」を詠んだ歌を探し、その歌、歌人、場所に関したエッセイを書く。四枚ほどのエッセイの後ろには、その場にまつわる自分の歌を附すというスタイルで、二年を目途にともかくもスタートしてしまった。

第一回の原稿は河野が書いた。場所は京都市北区の「北大路駅」である。およそ歌枕らしくない場所からのスタートになったが、梅内《うめない》美華子さんの「階段を二段跳びして上がりゆく待ち合わせのなき北大路駅」（歌集『横断歩道《ゼブラ・ゾーン》』）を取り上げた。歌のもつ若々しい躍動感から、作者のこと、そして久しぶりにその場を訪ねたときの情景などを書いている。河野がこの章に附した自分の歌は、「立葵《たちあふひ》咲きゐるところに立ちどまり北大路駅を南へ下る」であった。

こんな風にして連載は続いていくはずであった。ところが、その第一回の原稿が載るか載らないかという時期に、河野に再発が見つかったのである。こんなはずじゃなかった、とはもちろん思ったが、二人とも、この連載を休止するという気にはまったくならなかった。河野が何より乗り気であった。

しかし、当初の思惑とは異なり、この連載「京都歌枕」は、私たち二人にとっては、まったく違った意味を持つものになってしまった。これまでやったことのない作業を始め、ゼロから開いていくといった新しい仕事ではあったが、どこかで二人の存在、最後の時間を完結させる作業の一つといった意味合いへと、微妙な色調の変化を遂げざるを得なかった。

しんどい二年間になるぞと、しんと寒くなるような不安感もあったが、いっぽうで、連載を続けているかぎりは河野は大丈夫なのだという楽天的な思いもあった。河野のことだから、連載を途中で放り出して、死んでしまうなんてことはあり得ない。

二年という時間は、主治医からも告げられ、私自身もほぼそのくらいかと覚悟した残り時間ぎりぎりであったが、そのぎりぎりの時間を二人の協同作業にあてられるのなら、それも幸せなことだろう。

〈時間〉が、俄《にわ》かにこの連載の隠れたテーマとして意識されるようになっていった。私にも河野にも、それは「残された時間」としてしか意識しようのない時間であった。それはまた「引き算の時間」でもあった。

九月からは予定どおり抗癌剤治療が始まった。最初は比較的弱い薬であったが、それでも副作用は相当に強い。まず食欲が無くなった。「あの食いしんぼの私がこんなに食べられないなんて世も末だ」と言うのが、口癖になっていった。次に指先の感覚が鈍くなったと言うようになった。

そんなひどい副作用のなかでも、河野は明るく、楽しそうにころころ笑って過ごす日が多かった。笑いだすと止まらないのも昔と同じであった。取材にも出かけた。取材のために二人で出かける日を心待ちにしているという風でもあった。

二年間の連載で取り上げた「歌枕」は合計五十箇所である。自分たちがよく知っている場所を書きたいと思った。できるだけ自分たちに引きつけて書く。締め切り間近の週末、その場所を実際に見るべく、河野と一緒に車で出かける。相手の取材であっても、もちろん一緒につきあった。

そんな風にして、京都市内は、珠数屋町《じゅずやちよう》、二条城、京都御苑、北野天満宮、清水、祇園、法然院などなど、これらよく知られた場所のほかに、京都駅、寺町今出川、南禅寺水路閣、吉田山、京大北部キャンパス、さらには三月書房なんて歌集の品ぞろえで有名な本屋さんまで、現代的な地名も多く含まれている。

滋賀県でも、渡岸寺《どうがんじ》としてよく知られている向源寺、斎藤茂吉の師、隆応和尚《りゆうおうおしよう》が晩年を過ごした蓮華寺をはじめ、琵琶湖大橋や、アメリカから帰国後、淳が中学時代に通っていた近江兄弟社学園などまでが含まれる。滋賀県は、私の故郷饗庭《あいば》（現高島市）が湖西にあり、湖東の石部町（現湖南市）には河野の実家があって、私たちも数年を住んだことがある。京都新聞は滋賀県をも地盤としていることから、「京都歌枕」と称しながら、滋賀の歌枕も探して欲しいと言われていた。

できるだけ身近によく知っている場所を選ぼうとしたが、時にまったく知らない場所を探しさがし、訪ねることもあった。松村正直歌集『やさしい鮫《さめ》』を読んだとき、なかに「明智藪《やぶ》」という一連があって、不思議に記憶に残っていた。「明智藪の名のみ残りて藪はなし土砂崩れ防止のコンクリート」という素っ気ない歌であったが、その横には「子の通う保育所の近く碑のありて明智光秀の討たれしところ」という歌もあり、どうやら作者の日常と膚接するような場所に、この不思議な藪はあるらしい。行ってみようということで、日曜日の朝から、紅も一緒に三人で出かけた。出かけると言っても、地図はなし。あらかじめインターネットで調べた町名を頼りにとにかく出かける。私は京都に都合五十年以上住んでいるが、すべて北区、左京区、右京区といった市内でも北の方ばかりである。南の方となると皆目わからない。伏見区の小《お》栗栖《ぐりす》と呼ばれる一帯に入り、何度も迷い、何度も尋ねながら、細い坂道をやみくもに登り、ようやくたどり着いた。歌枕の多くがそうであるように、「明智藪」も史跡表示の石碑がなければ、何の変哲もないただの藪。やっとたどり着いたというよりは拍子抜けした感じであった。

しかし、その場がたいした場所であるのかないのかは、実は歌枕を訪ねようとする人間にはどうでもいいことなのだ。その場が詠まれた歌に惹《ひ》かれたのであって、場所そのものに価値があるのではない。歌が大切なのであり、歌を詠んだ作者とその場を共有したいがために場所を訪れるのである。

この時も、「なんだこんなところか」などとぶつくさ言いながら、私たち三人はみんな楽しかった。歩くことが辛くなり始めた河野を気遣いながら、その周辺をいろいろ観察し、胴塚なども探し当てたのだった。途中で買ったおにぎりなどを食べながら、半日の遠足という気分である。

連載一年目は、〈二人で出かけるための連載〉といった不謹慎な楽しさのもと、いろんな場所にわくわくしながら出かけたものだが、しかし二年目に入ると、次第に「あとが無い」といった、追い立てられるような気分になっていった。

そんな思いを否応なく感じざるを得なかったのは、二〇〇九年の十二月、湖北の渡岸寺を訪ねたときであった。私の書く順番だったが、河野も体調の辛さを押して同行した。

冬の湖北は暗く、空が低い。風花が舞っていた。車のなかでいつものように絶え間なく話しつつ、途中から私は、河野とこの道を走るのはこれが最後なのだ、という思いに強くとらわれていた。渡岸寺へ河野と行くのは初めてのことだったが、それが間違いなく、また最後のことにもなるのだろう。

その時まで、それほど強く残り時間を実感したことはなかったが、いったんそんな思いにとらわれてしまうと、楽しいはずの車内ににわかに湿った空気が入ってきたようであった。河野は初めて行く渡岸寺であり、国宝の十一面観音に深く感じたところがあったようだが、この時の湖北行きは、私には「最後」という言葉ばかりが響いていたように思う。

一日が過ぎれば一日減つてゆく君との時間　もうすぐ夏至だ

永田和宏『夏・二〇一〇』

この一首を作ったのは、翌年、河野の死の直前のことになるが、「一日が過ぎれば一日減つてゆく君との時間」という思いをまざまざと実感したのは、おそらくこの湖北への一日のドライブのあいだのことだったのだろう。

渡岸寺へ行った翌月、岩倉の家からほど近い、大原の寂光院へ行ったのも忘れ難い一日だった。河野の順番だった。

「実は寂光院に行くのはあまり気が進まなかった。平成十二(二〇〇〇)年五月九日の未明の火災により本堂が全焼したことを当日の新聞で知ったときのショックがあまりに激しかったからである。」と書き、本尊の黒く焼け焦げた姿を見て、涙が出たと書く。文章は次のように続く。

「左手から五色の紐《ひも》が延びている。その紐にさわってお祈りしなさいと言われて、そのようにした。深く頭を垂れ、両手を合わせて瞑目《めいもく》しながら、違う、わたしが手を合わせているのは、あの焼けてしまわれた仏さまだと心の中に動くものがあった。不信心の誹《そし》りを覚悟で言えば、新しい御本尊は尊い仏さまには違いないが、遠いような気がしたのだ。

わたしたちが古刹《こさつ》を訪ね、仏さまを見れば手を合わせて拝むのはなぜなのだろう。何百年ものあいだ数限りない人びとが、逃れようのないこの世の悲しみと苦しみを負いながら最後にしたことは祈るということだったのではないか。誰にもすがることができず、為《な》すすべがなく、それでも生きていかなければならなくなった時、人には祈ることしか残っていない。人びとの何百年もの、そうした思いと時間の累積《るいせき》が、古仏への崇敬の念をおのずから作っていったのではないか。時間が荘厳《そうごん》させるもの。人びとのかなしみを包みこみ、それを御身《おんみ》に吸いとってきた存在だけが持ち得るもの。古さとは途方もない時間の深淵《しんえん》であり、永遠のひとつの形であるのかもしれない。」

（永田和宏・河野裕子『京都うた紀行』）

その日、河野は歩くのがやっとであり、寂光院の石段の途中で、何度も私に寄りかかって休みながら、ようやく辿《たど》りついたのであった。本堂で真新しい地蔵尊菩薩《ぼさつ》の前に坐《すわ》り、私が驚くほど長く祈った。河野はもともと、神や仏に信心深いというタイプではなかった。初詣《はつもうで》など、私のほうが余程長く手を合わせていたものである。ところがその日の河野の仏さまへの向かい方は、それまで見たこともないものだった。じっと静かに仏さまを見上げ、そして祈った。地蔵尊の手から垂れている紐を手に取り、長く祈った。それまでの河野なら、仏さまの紐と繫《つな》がりながら祈るなどということは、おそらくしなかった。河野のそんな姿に接したことがなかった私は、動揺しショックを受けた。

彼女は、もう別の世界をはっきり視界に捉《とら》えはじめている。そう感じた。「やめろ」と言いたかったが、そんな言葉を静かに撥《は》ねつけてしまうかのように、彼女の挙措ははかなげなのであった。「準備をしている」、確かにそう感じさせるなにかが彼女には漂っていた。

みほとけよ祈らせ給《たま》へあまりにも短かきこの世を過ぎゆくわれに

河野裕子『京都うた紀行』

その日、彼女はこの一首を作った。

二年間の「京都歌枕」という連載は、私たち二人に、何ものにも替えがたい濃密な時間を与えてくれた。この連載がなければ、私たちの最後の二年間は、またよほど違ったものになっていただろう。私たちは、時間を共有できることを互いに喜びながら、どこへでも一緒に出かけた。もう再び一緒に来ることはないだろうと思いながら見る多くの場所は、それゆえいっそうしみじみと心に沁《し》みこんでくるように思われた。

その思いは、彼女にとっても同じであった。連載が終わった時、河野裕子と二人でまとめの対談を行った。河野と対談するというのは初めての経験であった。新聞紙上に載り、『京都うた紀行』にも収録されたが、その対談は、河野の死の二カ月前。そして、本の「はじめに」を紅の口述筆記で書き残したのは、死の十日ほど前のことであった。対談で、河野もやはり、私と時間を共有できたことの幸せについて語っている。

「**河野**　私の場合は、あなたと一緒に行ったというのが、非常に大きかったですよね。こういう形で時間を共有できたというのは、私には非常に大きな意味を持っていたと思います。病気の所為《せい》で、あと何年生きられるかもわからないというそういう状況の中で、非常に濃縮された時間を過ごすことができたから。その時間を大事にしたいなあと思いましたね。あと何回この人と来ることができるだろうか、だけど、短い残り時間の中で、いま同じ時間を共有している、そういう思いが非常に強かったですよね。」

（永田和宏・河野裕子『京都うた紀行』）

歌は遺《のこ》り歌に私は泣くだらう

二〇一〇年に入ると、いよいよ抗癌剤《こうがんざい》の副作用が激烈なものになってきた。二〇〇八年の秋に抗癌剤治療を始めてから、一時は腫瘍《しゅよう》マーカーの値も下がり、その値やCT画像などを見ながら、数カ月に一度ほど抗癌剤を微調整し、一年余はその効果も見られていた。しかし癌細胞の耐性獲得のために、いずれは抗癌剤は効かなくなる。

河野の場合も、前年の秋からTS-1という抗癌剤に変わっていた。いくつもの薬剤を試したあとの選択であり、副作用の強いことはわかっていたが、最後の選択であった。もちろん主治医と河野と私の三人で相談した。河野は、抵抗なくそれを受け容《い》れた。

いい患者だったと思う。次に処方するのがどういう作用の薬かなどについては医師に尋ね、また私にも尋ねたが、薬の副作用を聞きながらも、素直にその処方を受け容れた。副作用や苦痛はいくらでも我慢する。その分できるだけ長く生きていたいという意志が、この頃からはっきり感じられるようになった。

自分では言わなかったが、少しでも長くという意志は、自分が詠《うた》い残してきた歌を一首でも多く形にして残したいという思いからであっただろう。

わたくしはわたくしの歌のために生きたかり作れる筈《はず》の歌が疼《うづ》きて呻《うめ》く

河野裕子『蟬声』

「作れる筈の歌が疼きて呻く」という下句に、まさに呻きにも似た悔しさがにじむ。

河野の短歌は、数年前より大きな変化を見せはじめ、口語と言うよりは、話し言葉がごく自然に歌の一部となっているといった文体を獲得してきていた。言葉と言葉の続き具合が、自然でやわらかく、一首が屹立《きつりつ》して強い印象を残すというよりは、読者の心にそっと寄り添うように入ってくるといった文体である。現代歌人のなかには、そのようなやわらかでしなやかな表現法を持っている歌人は他にいない。

彼女とも、そんな話を何度かした。言葉の一つ一つが過剰に自己主張しないような歌の作り方に、自分でもある種の納得と自信を持ちはじめているようだった。誰にもない文体だなあ、などと言うと、「あと十年あったらなあ。いい歌作れるのになあ」と口ぐせのように呟《つぶや》いた。その悔しさは私にはよくわかった。

悔しいときみが言ふとき悔しさはまたわれのもの霜月の雨
永田和宏『夏・二〇一〇』

抗癌剤の苦痛、副作用として食欲がなくなること、それはわかってはいるが、河野はそれを引きうけようとしていた。治るとは、もう二人とも思ってはいなかった。苦痛に耐えても伸びる時間はせいぜい数カ月だということも、少なくとも私は承知していた。

しかしその数カ月に、何十首かの歌が生まれれば、その時間は意味を持つ。河野の歌は河野にしか作れない。残されたわずかな時間のなかで、作れるだけの歌を書き遺すこと、それは短歌史においても大切なことなのだと私は思った。もう治療はやめて楽にしようとは言えなかった。

二〇一〇年一月、歌会始に二人で出かけた。私は二〇〇三年から歌会始詠進歌選者を引き受けており、河野も二〇〇八年から選者になった。夫婦で同時に歌会始の選者というのは過去に例がなく、若干の躊躇《ちゅうちょ》はあったが、二人で相談し、彼女も喜んで選者を引き受けた。歌会始のためにもいいことだと思った。

前日は、皇居に近い竹橋のＫＫＲホテル東京に宿をとった。部屋に入ってしばらくすると、女官長から電話があり、これから皇后さまのスープをお届けしたいとのこと。しばらくして、侍従の一人が魔法瓶に入ったスープを届けてくださった。

河野が薬の副作用で食欲がなく、食べられないことをお知りになり、手ずから作ってくださったスープをわざわざお届けいただいたことに、私たちは感激した。その日も何も食べていなかった河野であったが、おいしいと言いながらいただいた。私もお相伴したが、やさしく澄んだコンソメスープであった。

夜には、直接皇后さまからお見舞いのお電話もいただいた。体調の悪さを押して、歌会始に出席する河野を気遣っていただいていることがよくわかり、心に沁《し》みた。

河野が天皇・皇后両陛下にお目にかかったのは、前年の初夏であった。新しく選者になった河野と選者を退かれた安永蕗子《やすながふきこ》さんをねぎらうため、御所でのお茶会に招待していただき、他の選者とともに私も出席した。

東京都心とは思えないほど静かな一角に御所があり、武蔵野の面影を残すという庭に面した応接室で、両陛下と一時間あまり打ちとけたお話の機会が設けられた。年齢順に座っていたのであろう、河野はちょうど皇后さまのまん前の席であった。普通ならやや引いて、差し障《さわ》りのない会話になるところを、河野はまっすぐに皇后さまの目を見て話し、そして単刀直入な質問をしたりもした。

皇后さまにお会いし、そのお人柄に接し得たことを河野はとても喜んでいた。皇后さまのやさしさに接し得たことを幸せなことと繰り返し話したが、皇后さまも河野の飾らない話し方やまっすぐな態度に好感を持っていただいたのだろうと思う。

歌会始から半年あまり経《た》ち、河野の症状が重くなり自宅介護に移ったころ、皇后さまからはもう一度、スープをお届けいただいた。そのときは、わざわざ東京から京都まで、川島裕《ゆたか》侍従長が自らスープを持ってきてくださったのである。その懇《ねんご》ろなお心遣いをかたじけなく思ったことだった。

ふた匙《さじ》なりとものの御言葉の通りやつとふた匙を啜《すす》り終へたり　裕子

お手づから託したまひしこのスープふた匙やつとを身に沁みてやつと

その年の歌会始では、選者のなかでは河野の歌が披講されることになっていた。河野自身は、その日、最後まで耐えられるだろうかと心配していた。ほとんど食べないままに二時間のあいだ正殿松の間の少し寒い空間に座っていなければならない。おまけに披講の時には立ちあがらなければならない。私は河野の横に座る。「よろけたら、ささえてね」と言われて、「大丈夫、ささえてやる」と答えたのを覚えている。

白梅に光さし添ひすぎゆきし歳月の中にも咲ける白梅　裕子

その年のお題は「光」。披講された河野の歌である。本人はまっすぐ立っていられるか心配していたが、危なげなくすっと立ち上がり、披講のあいだ揺れることもなくしっかり立っていた。「わたしは本番に強いのよ」が彼女の口ぐせだったが、たしかにその通りである。

テレビを見ていた人たちの何人かから、披講が終わって河野さんがにこっとされたのが、とてもよかったという声を聞いた。普通はかしこまった表情で一礼をして着席するのだが、そのときににっこりしたのをテレビカメラがとらえたのだという。私たちはまっすぐ前を向いているので気づかなかったが、しっかり立っていられて思わず洩《も》れた頬笑みだったのだろうか。皇后さまへの感謝の思いだったのだろうか。

松の間から退席するときには、中庭の大きな白梅の木の横を通る。あたたかい陽の光のもとで、その梅の古木が、数輪の白い花をつけているのが見えた。河野もしばらくそれに目をとめていた。

「すぎゆきし歳月の中にも咲ける白梅」を反芻《はんすう》していたのだろうか。数えきれないほどのいくつもの時間、いくつもの場面で、私たちの前に梅の花があった。「すぎゆきし歳月」なる感慨は、自ずからふたりのものでもあった。たぶんこの皇居中庭の梅が、並んで見る最後の梅になるのだろう。

今年は、何を見ても、どこへ行っても、なにもかもがすべて、河野と一緒にできることの〈最後〉なのだという思いに不意に襲われた。背後からどんと背を突かれたような不意打ちであった。それは思いのほか強い衝撃であり、つきあげるような悲しみであった。その場に誰もいなければ泣いていたかもしれない。思わず抱きしめていたかもしれない。

「癌は副作用との闘いであるといわれるが、それはわたしの身体がいちばんよく知っている。あと何年持ちこたえられるか。免疫力と体力と気力だけが頼りだ。人の気のあがっている所に、できる限り出て行こう、講演は引き受けられるかぎりは引き受け、歌会にも、体力が許す限りは出て行こうと思っている。食欲は全くなくなり、何を食べてもおいしくないが最低限の家事はこなしている。歩けて話すことができる今が一番いい時なのだろう。

五十年ほど歌を作ってきてほんとうに良かったと、この頃しみじみ思う。歌が無ければ、たぶんわたしは病気に負けてしまって、呆然《ぼうぜん》と日々を暮らすしかなかった。あと何年残っているかを考えない日はない。しかし、わたしはこれまでのわたしの人生に於いて何ひとつ悔いるものは無い。自分に正直に、思うように生きてきたし、このうえない家族にも恵まれた。夫と二人の子供たち。そして息子の伴侶《はんりょ》の裕子さんが何も言わずに寄り添ってくれるのも、四人の孫たちが居てくれて、大きな輪となり包んでくれることも、暮らしのかけがえの無い力となっている。」

（『葦舟』あとがき）

この言葉の通り、その年も河野はさまざまの取材に応じ、そしてけなげにも多くの場所にでかけた。

河野は二〇〇九年に歌集『母系』で、迢空賞《ちようくう》とともに「斎藤茂吉短歌文学賞」を受賞した。授賞式は五月、山形県上山《かみのやま》の斎藤茂吉記念館で行われる。その前年に私が歌集『後の日々』で同じ賞を受賞しており、二年続けて夫婦で受賞ということになった。この賞では、前年度の受賞者が翌年の授賞式で講演をすることになっており、河野の授賞式では私が講演を行ったが、今回二〇一〇年は、河野が講演をしなければならない。

河野は、私の前で講演をするのをとても嫌がり、それまで私が出席するのを決して許さなかった。あまり嫌がるので、おもしろがって、こっそりある講演会に忍び込んだことがあった。いつのことだったか忘れたが、演壇から私を見つけた河野が一瞬絶句し、「私が嫌だいやだと言うのに、亭主が紛れ込んでいます」と言って、会場が大笑いになったこともあった。

しかし、今回は当然のように私に同行を求めた。紅も一緒に行くと言う。できるだけ一緒に居られる機会を大切にしたいと思っていたのだろう。

こちらは歌会始以上に心配した。食欲ははるかに減退しており、固形物がほとんど咽喉《のど》を通らない。一時間半という講演は、本当なら無理なのである。しかし、やめようとは言えなかった。なにより彼女自身がやりたいと思っていた。

講演のタイトルは「茂吉と食べ物」。食べられること、その当たりまえのことの大切さを、日頃から繰りかえし私たちにも言っていた。講演でも、食べられない自分の病状に触れながら、食べ物に関する茂吉の歌のおもしろさを語った。

しんどいのはもちろん家族には痛いほどわかったが、講演のあいだじゅう、張りのある声ははっきりと通っていた。口腔《こうこう》の激しい渇きからだろう、時おり水を飲みながらも、最後まで聴衆を笑わせながら講演は終わった。前列正面に河野を見上げながら、私が涙ぐんでいたことを、河野は知らない。

今こうして書きながら、初めて気づいたことがある。彼女はこの時、私たち家族にその最後の講演を聞いて欲しかったのではなかったのだろうか。河野の誇りであった家族。「いい家族だったと思うのよ」と、いろいろな場で言っていたが、その家族の一人ひとりに、自分の最後の講演を見ておいて欲しかったのかもしれないと、いまになって強く思う。

最後の挨拶《あいさつ》という思いからだろうか、前日の「塔」会員との歌会にも無理を押して出席した。河野を慕って、全国の遠い地域からも会員が集まってきていた。歌会では、私の横に座り、みんなの歌を批評した。そのあとの懇親会にも少しの間だったが、出席した。翌日の講演は大丈夫かと危惧《きぐ》したが、彼女自身はよく笑い、よくしゃべり、楽しそうだった。時々、横でふうーっと息を吐《つ》いていたのを私は知っている。

斎藤茂吉短歌文学賞では、茂吉の孫、斎藤茂一《もいち》さんに会うことも私たちの楽しみだった。河野が初めて茂一さんに会ったときの最初の言葉は「あなたがぷらぷらの茂一さん？」。「ぷらぷらになることありてわが孫の齋藤茂一路上をあるく」（歌集『つきかげ』）という茂吉の不思議におもしろい歌があり、茂吉ファンなら誰でも知っている。実は河野が会う前年に私の方がひと足早くお会いし、同じく初めての挨拶がそれだったので、みんなで噴き出してしまった。これまで、だいたい私が好感を持つ人は、河野もまた好きなのであり、逆もまた真。ほとんど例外はなかった。

「小野市詩歌文学賞」の授賞式も、辛《つら》いが、思い出に残る会になった。兵庫県小野市では、二〇〇九年度から、短歌、俳句、現代詩の三部門で、年間のもっともすぐれた出版物を顕彰する「小野市詩歌文学賞」を創設した。

現代詩の辻井喬《たかし》、俳句の宇多喜代子、短歌の馬場あき子と私が選考委員である。数百人の歌人、俳人、詩人にアンケートを取り、それをもとに選考委員全員で各分野の受賞者を決定する。第二回の短歌部門が河野裕子の『葦舟』と決まった。俳句部門の受賞者は金子兜太《とうた》さんであり、このことも河野にはうれしかった。

茂吉賞の授賞式から一カ月後の六月、その授賞式が小野市で催された。新神戸からタクシーで一時間ほどかかる。河野の体調を考えれば、これも相当な賭《か》けではあったが、紅と私が付き添って、出席させることにした。

参加者はおよそ五百名。交通の便の悪い場所であるにも拘《かかわ》らず、毎年多くの参加者がある。前年受賞者の岡井隆さんの講演のあと、授賞式があった。

桜色の着物を着た河野は、三人の受賞者の二番目に受賞の挨拶をした。ゆっくりと話しはじめたが、口の渇きから言葉の切れが悪く、その病状が予断を許さないところまで来ているのは、誰が聞いてもすぐにわかったことだろう。咽喉につかえて、一語一語が気持について行かないといったもどかしさは、河野自身が感じていたはずだ。「自分には時間はもう残されていないが、あと三年だけでいい、時間が欲しい」と河野が言ったとき、会場はしんと静まり返った。十四冊目の歌集『葦舟』が受賞したことはとてもうれしいが、できれば斎藤茂吉と同じだけの十七冊の歌集を遺したい。その時間が欲しいと言ったのである。

この「あと三年」と言ったところで、河野自身思わず涙ぐみ、しばらく言葉が出なかった。先ほどまでは、しんどそうではあったが、にこやかに話していた。しかし、自らに残されたわずかな時間に対する思いを、そのもっとも深いところから掘り起こそうとして、不意に堰《せき》を切ったような悲しみに自らが溺《おぼ》れてしまった。選考委員として壇上、斜め後ろに座っていた私は、その時、河野を見ることがどうしてもできなかった。会場は水を打ったようになった。

それでも五分あまりのスピーチの最後を、いつものようににこやかな笑顔で締めくくったのはさすがであった。そして私自身は、そのにこやかな終りかたが、なおさらいじらしく、辛く、公《おおやけ》の場に河野が立つのはこれが最後なのだと、そんな悲しみのなかに溺れ込んでしまうのをどうしようもなかった。

この家に君との時間はどれくらゐ残つてゐるか梁《はり》よ答へよ　河野裕子『葦舟』

河野が再発してからは、今度は私の方が参ってしまった。初発の時には、あんなに平然とした態度をとり続けて、逆に彼女を悲しませてしまったのに、今度は私のほうが河野よりうろたえてしまったのである。夜、不意に泣いてしまったこと、寂しさと不安に突き飛ばされるようにして、つぶれるくらいに裕子を抱き寄せて泣いたことが、何度あっただろう。

その膝《ひざ》に顔を埋《うず》めて泣いていると、彼女はかわいそうにかわいそうにと、いつまでも私の髪を撫《な》でてくれた。どっちが病人かわからない体たらく。しかしそんな私を、たぶん河野は悲しむとともに、喜んでいたのかもしれないと思う。

死ぬな　男の友に言ふやうにあなたが言へり白いほうせん花《くわ》　　裕子『葦舟』

死なないでとわが膝に来てきみは泣くきみがその頸子供のやうに　　裕子『蟬声』

今日夫《つま》は三度泣きたり死なないでと三度泣き死なないでと言ひて学校へ行けり
わが知らぬさびしさの日々を生きゆかむ君を思へどなぐさめがたし

我ながらなんともみっともない有様であるが、この頃の私は、ここに詠われている通りであった。これまでいくら喧嘩《けんか》をしても、私の横から河野が居なくなると考えたことはなかった。しかし、確実にその日が来ようとしている。そのなまなました実感が、私を押しつぶそうとしていた。

わたししかあなたを包めぬかなしさがわたしを守りてくれぬ四十年かけて
裕子『葦舟』

自分だけが、永田を包み、生かすことができる。それは河野の心底からの自信であった。初めて出会ったとき以来、変らず持ちつづけてきた河野の自恃《じじ》であった。この人を包んでいてやらなければと思い続けてきたことが、逆に自分を守ってくれたのだという。四十年という歳月は、彼女にとってそういう歳月であった。ここに詠われる「かなしさ」はまた「愛《かな》しさ」でもあろう。いま自分を投げだして、死なないでと訴えかけている夫を悲しみつつ、これらの歌には、どこかにようやく得られた平安とある種の安堵《あんど》感《かん》がにじんでいる。

私の作歌においては、河野の死を私がどう詠うのかは、逃げられない重い問となった。自分の心を占めている思いのほぼすべては、絶対として立ちはだかる河野の死に関するものである。正直に詠《よ》もうとすれば、その死への怖《おそ》れを、そして取り残される不安を詠む以外にはない。しかし、その歌は、河野自身も読むことになる。河野が死ぬということを前提にした歌など、見せられないではないか。

逡巡《しゅんじゅん》する思いと、一方では、いま詠っておかなければ、この私の思いはついに彼女には伝わらないままに死なせてしまうという思いが、抜きがたく私を支配した。迷いに迷い、ついに決心して河野の死を直接見据えた歌を発表した。この時ばかりは、発表前に彼女に見せることができなかった。

あの午後の椅子《いす》は静かに泣いてゐた　あなたであつたかわたしであつたか

永田和宏『夏・二〇一〇』

きみがゐてわれがまだゐる大切なこの世の時間に降る夏の雨

この桜あの日の桜どれもどれもきみと見しなり京都のさくら

原稿はもう引き受けないと約束すきみとの時間わづかな時間

ともに過ごす時間いくばくさはされどわが晩年に君はあらずも

歌は遺《のこ》り歌に私は泣くだらういつか来る日のいつかを怖る

このような歌を立て続けに発表することになった。どれも残酷な歌である。彼女の死を前提に、その死の後の自分ばかりを詠っているのである。歌は何を詠ってもいいが、それによって人を傷つける歌は作ってはならないと私は思っている。これらの歌は、河野を傷つけなかったか、どうか。

その答は、私にもまだ無いが、これらの歌が彼女の目に触れたことは良かったと、私はいま思っている。河野裕子という存在が、どれだけ私自身の存在を支えてきたのか。存在そのものであったのか。それを彼女自身も知ってくれたはずだ。「わたししかあなたを包めぬかなしさがわたしを守りてくれぬ四十年かけて」という河野の思いは、また私の思いでもあった。

紅が結婚することになった。河野のために決めた結婚ではもちろんなかったが、できれば結婚式を母親に見ておいてほしいという思いは当然あったことだろう。恋人がいると私たちに話してからも、紅はなかなか結婚へと踏み切れなかったが、それは彼との年齢差の問題が大きかったのかもしれない。二十歳ほども歳上《としうえ》で、むしろ私に近いのである。

紅から相談を受けた時、私の答は単純であった。「他の人に胸を張って彼を紹介できるのなら、結婚したらいい」、これだけであった。年齢差は本人同士の間では問題にならないが、他人の目を気にしてしまうような関係だと、二人とも幸せにはなれないだろう。娘が後ろめたい思いで夫婦関係を続けていくとしたら、親としても耐えられない。

こんなサジェッションがどれほど背中を押したのかは知らないが、ほどなく紅は結婚を決め、式の日取りは四月と決まった。慌《あわ》ただしい日の取り方は、どうしても母親に見ておいて欲しいという強い思いがあったからにほかならないだろう。

四月の結婚式は、ちょっと風変わりな式になった。京都のホテルを使ったが、結婚式も披露宴も、出席者は、花婿《はなむこ》花嫁を含めて、それぞれの側から五人ずつ。花嫁側は、私たち夫婦と、淳夫婦、併せて五名。新郎側も同数で、友人ばかり四人になった。ほんとうに身近な家族友人だけの披露宴となった。

結婚式では、型どおり私がエスコートしたが、私たちが入って来るときから、もう河野が涙を拭《ふ》いているのが見えた。式のあいだじゅう、私の横で涙を拭いていた。私以上にさばさばと送り出すかと思っていたが、やはりこみ上げる思いがあったのだろう。なんとか間にあったという思いが強かったに違いない。

　スピーチも何もなしと決めていたが、始めるタイミングがとれず、仕方がないので私が司会しましょうと、前代未聞の、花嫁の父の司会で始まった。友人たちのくだけたあたたかい挨拶のあとは、お互いテーブルを挟んで話に興じる。

　私がずっと昔、紅のために買っておいた誕生年のワインなども出て、花婿花嫁そっちのけで話が盛り上がった。ずっと食事ができていなかった河野も、なぜかこの日だけは出された料理を食べることができたのは、あとから考えても不思議なことだった。客たちも、これまで出た結婚式のなかでいちばん良かったと言ってくれたが、それはまた私たちの思いでもあった。

　家に帰ってからも、その夜の余韻のままに、再びワインを取り出して、夜の更《ふ》けるまで話し込んだ。河野が疲れているのはわかっていたが、いつまでも私につき合った。

　こうして一つテーブルで夜遅くまで、あるいは明け方まで二人で盛り上がるのは、私たちのいつものパターンではあったが、おそらくはもう二度と無いだろうという強い思いのなかで、この場を閉じてしまうのが惜しかった。彼女は相当に無理をして付きあっていたのだと思うが、無理をするほうも、させるほうも、ただただその時間がいつまでも続いてくれることだけを願っていた。

つひにはあなたひとりを数ふ

小野市詩歌文学賞の授賞式から一週間後、京都新聞の連載「京都歌枕《うたまくら》」の締めのための対談を行った。午後の光の明るい自宅の二階。二年間を振り返りながら、私と時間を共有できた喜びなどを楽しそうに、そしてしみじみと語った。およそ三時間ほどにもなっただろうか。その元気は、しかしいつものように、「本番に強い」空《から》元気でもあり、対談のあとはどんどんと疲れて、動けなくなってしまった。

数日、様子を見たが、いよいよものが咽喉《のど》を通らなくなり、おまけに腹痛を訴えるので、六月二十一日、京大病院に緊急入院をした。二週間ほどの入院であった。原因は腸閉塞《イレウス》であることがすぐに分かったが、それ以外にも血液検査やCT検査などいくつもの検査と点滴が行われた。以前の入院では、人の気配のある大部屋で、他の人たちの会話を聞いているのを楽しいと言っていたので四人部屋にしたが、今回は他の患者や家族たちの話し声が精神的に応《こた》えたようであった。以前とは病状が明らかに違う段階にきていた。

私も紅も、毎日病室で時間を過ごした。特に紅は、サンドイッチなど河野が食べたいと言うものを買っては病室に持って行き、長い時間を一緒にいてくれた。肩を揉《も》んだり、トイレへついて行ったり、とても私にはまねのできない細かなことにまでよく気がついた。女の子がひとり居るというのはこういうことなのかと改めて思った。

この入院から、紅は看護日誌をつけはじめ、それは私も交替で書くことになったのだが、河野の死の一時間前まで続けられることになった。

入院して一週間ほど経《た》ったとき、主治医の竹内恵先生から「お話が」と切り出された。いろいろと抗癌剤《こうがんざい》を試してきて、それなりに効果のあるものもあったけれど、肝臓への転移も徐々に拡大し、骨転移も見られる。なにより衰弱が激しく、血液像からも、もうこれ以上抗癌剤を使うのは、危険だと言う。再発からちょうど二年であった。

半ば予期していたことなのに、そして竹内先生はこれまで、親身になってやってくださったのに、そのひと言に憤怒《ふんぬ》に近い感情が湧《わ》きあがったのは、われながらあさましいことであった。思わず激昂《げっこう》しかかって、かろうじて平静を保ったが、考えるまでもなく、竹内先生の判断は正しかったのである。

しかし、もう打つ手がありませんと宣告されてみると、われにもなくうろたえてしまう。完全に見放されてしまったという絶望感、寄る辺のなさ。誰に訴えても、死という抗《あらが》いがたい蓋《ふた》で、すっぽり覆《おお》われてしまったかのような孤立感であった。今さらながら、河野が耐えてきたものは、この絶対性であったのだと思い知る。

竹内先生は、過剰に深刻ぶらず、かと言って軽くも流さず、淡々と河野に説明をしてくださった。さすが外科の医師である。男性的なメンタリティで、いっそさばさばとした説明には、暖かさと、そして有無を言わせぬ非情さがあった。河野の落ち込みを竹内先生も私も心配していたが、河野はそれに強く反応することはなく、「そうですか」「そうですね」と言葉を重ねるのみであった。この段階で彼女が、どの程度この〈宣告〉を深刻に受け止めたのか、いまでも私にはわからない。

紅と私は、以前下見をしておいた北白川にある日本バプテスト病院を訪ねた。ターミナルケア専門の医師である渡辺剛先生と面会をし、事情を話してお願いをした。バプテスト病院の理事長山岡義生先生が、かつて私の勤めていた京都大学再生医科学研究所の所長をされた先生でもあったことから、その伝手《つて》を頼ったのでもあった。私が癌を知っているということもあったのだろうが、渡辺先生の説明もやはり私には非情に過ぎた。

緩和療法に対する認識は私にもあったはずであった。しかし、いかにターミナルとは言っても、少しくらいは副作用の弱い抗癌剤を使ってくれるのだろうと、心の片隅では期待していた。その期待は見事に打ち砕かれ、まず初っ端《しょぱな》に、ここではいっさい抗癌剤治療はしませんと宣告された。

またしても怒りがこみ上げて来るのをどうしようもなかった。甘えである。その怒りは、そのように言い渡す役割の医師に対しての怒りではなく、河野がいよいよ「死」という一点へ、もう後戻りも、廻り道もできない一本道を歩き始めたという不条理そのものへの怒りに違いなかった。不条理という、どうしようもないアモルファスな深淵《しんえん》に向かい合うとき、人は、身近なものへの怒りを亢進《こうしん》させて、その不条理の絶対性からの逃避をはかるものなのであろうか。傍らで説明を聞きながら、紅が静かに涙を流していた。

しかし、渡辺先生と話す途中で、この病院の緩和病棟へ入院する方法のほかに、自宅で療養し、病院と同じように、毎日、看護師さんや主治医が訪問看護してくれる制度があることを知った。紅も私も、もちろんこちらを望んだ。

さっそく河野にその選択肢を伝えると、果たして彼女も、家に帰りたいと強く言った。私たち三人とも、そうしてまた自宅で一緒に過ごせることに、ある種の明るい希望を見出し、はしゃぎたいような高揚感さえあった。自宅療法という選択肢は、死への道程ではなく、回復へ繋《つな》がる道であるようにも思われた。自宅でだんだん治ってゆこう、そんな能天気な単純性のなかに逃げ込もうとしていたのかも知れない。

京大病院からの退院が、二〇一〇年七月七日、七夕の日。この日は淳が車を運転し、紅が付き添って退院をした。河野は息子と娘に付き添われての退院がうれしかったのだろう、その日はまっすぐ家に帰らず、もう三十年も前に私たちが住んでいた仁和寺《にんなじ》の家を見に行ったという。右京区龍安寺塔ノ下町。

「三軒長屋」と河野自身がいろいろなところに書いているが、文字通り長屋であり、一階、二階とも二間の小さな家屋である。壁と柱の間から、隣の灯りが洩《も》れてくるような家であった。小さいが、この借家には、私たち「家族の青春」があった。東京から京都へ帰って来た直後に住んだ家である。私は企業を辞して無給。淳が三歳、紅が一歳であった。

「子供は二階に寝かせておいて、一階の部屋には、やぐらゴタツが年中あって、そこで二人が向かい合って歌を作ったり評論を書く。そのうち、お互いが邪魔になる。そうするといやでもケンカになる。子供は泣き出すし。もう、凄《すさ》まじいケンカをしました。まだ若いでしょう。お互いのことを忖度《そんたく》するほど思いやりがないし、まだ生臭いし。あるとき、あの人が私にソースをぶつけたんです。ピャーッとソースが天井を走ってね。そんなのは日常茶飯事でした（笑）。このチビの私があの人と取っ組み合いをやったんですから。殴られますでしょ。それを殴り返すんです。若いときはやっぱり力があるんですね。私も負けん気が強いから（笑）。」

（河野裕子『歌人河野裕子が語る私の会った人びと』、本阿弥書店、二〇〇八年）

龍安寺の家へのその日のドライブは、「京都歌枕」の最終回を書くための取材でもあったが、これが外出の最後の機会になるという覚悟からでもあっただろう。その家の記憶を持たない子供たちにも見せておきたかったのかもしれない。

三十年の昔となれり夕されば底ごもり鳴りゐし仁和寺の鐘

河野裕子『京都うた紀行』

帰宅したその日から、渡辺先生と三人の看護師さんたちが交替で来てくださることになった。寝室は一階で、私と河野が建て替え以来ずっと使ってきた部屋である。庭に面して全面ガラスになっており、縁側の向こうには草の庭と、大きな古い桜の木が見える。この桜と、北側の庭に欅《けやき》の大木があったことが、この家を買う決心の大きな部分を占めた。

ベッドに横になり、夏の日盛りを確認するように庭を眺めている裕子を見て、ああ、これからが私たちにとってほんとうに最後の日々なのだと、それが不意になまなましい実感としてこみあげてきた。嘔吐《おうと》を催すような激しい実感だった。例年になく暑い夏。蟬《せみ》の声だけが、隙間《すきま》なくあたりをびっしり満たしていた。

何しろ食べられないので、栄養の補給は点滴に頼るしかない。いちいち静脈に針を刺していては、血管に針が入りにくくなるのと、量を多く入れられないので、腕に静注用のポートを入れる手術をしてもらった。主としてグルコースからなる栄養剤を、数時間から十時間ほどの時間をかけて、ゆっくりと注入してゆく。まさに命の液である。

薬液、栄養剤を入れるのは法規上、医師か看護師しかできないらしいが、抜くときはその作業を家族が担当する。三方活栓を操作して、抗凝固剤ヘパリンをフラッシュし、アルコール綿で先端を消毒し、バルブを閉じて、はい出来上がり、と手際《てぎわ》よくやってみせると、河野は誇らしそうに喜んだ。

帰ってきたその日から、彼女は仕事をスタートさせた。新聞の選歌は、毎日新聞と京都新聞があった。すでに本になることが決まっている『京都うた紀行』の「はじめに」を、紅の口述筆記で書いたのは七月末日。死の十日余り前のことであった。

それら細々《こまごま》とした仕事は、いつもと同じように押し寄せてきていたが、彼女にとってもっとも大切なことは、歌を書き遺《のこ》すことであった。

泣いてゐるひまはあらずも一首でも書き得るかぎりは書き写しゆく　河野裕子『蟬声』

これが彼女を衝《つ》き動かした原動力であったことは間違いない。泣いている暇があったら、一首でも多く自分の歌を遺したい。これは、ある意味では、癌が見つかって以来の十年という時間のなかで、彼女が苦しみ、もがき、呻《うめ》き、そして恨み、その果てにようやく見出した生き方の結論なのでもあった。

家に帰ってからの河野は、しかし、歌を作ることに必死というよりは、ごく自然に向こうからやってくる歌を迎えているという風であった。ベッドには常に手帳と鉛筆を置いていたが、それに書きとめてゆく。特に、胆管閉塞《へいそく》のため緊急手術が必要となり、一週間バプテスト病院に入院（七月二十一日から二十七日）したあいだに、ほぼ手帳一冊が、歌で埋められた。

消灯後に書いたものも多いらしく、ほとんど字の態《てい》をなしていないような歌、あるいは著しく定型を逸脱したり、一句が足りないような歌もどきも多かった。

これを解読したのは、河野が亡《な》くなって数カ月してからのことである。淳が手帳を拡大コピーし、ほぼ一週間、毎夜遅くまでその解読を試みた。それをプリントし、そこに紅と私も加わり、三人で一首ずつ、読みを確認したり、読めなかった歌を解読していったのである。それは最終歌集『蟬声』としてまとめられることになった。

そのように河野の死後、子供たちが実家に集まり、私と一緒に解読作業をする。あの時お母さんは、などと笑いあう。河野という一点を軸に、こんどは紛れもなく、子供たちが私を案じ、気遣いながら同じ時間を添ってくれているという実感があった。このことこそ、河野が最後まで望んでいたことの最大のものだったのかもしれないと強く思ったことだった。

薬袋にもティッシュの箱にも書いておく凡作なれど書きつけておく　　裕子

彼女の死後、私は空になったティッシュの箱を捨てようと、その端に親指を突っ込んであわやその箱を壊そうとした。そのとき、不意にティッシュの箱の上面に、きわめて薄い字が見えるのに気がついた。それはどうやら歌の断片らしかった。横を見ると、そして裏を見ると、どちらにもさまざまの方向に字が並んでいる。箱のコーティングのため鉛筆の字はほとんど読めないほどに淡い線でしかなかったが、まさに「ティッシュの箱にも書いておく」と詠《うた》われた〈歌〉なのであった。
同じように薬袋の裏にも、他から来た封筒の裏にも、いくつも歌らしい字の並びが見えるのだった。その一部にマルが付いているのは、河野自身が歌として採れると判断し、「書きつけて」おいたものなのだろう。

わが知らぬさびしさの日々を生きゆかむ君を思へどなぐさめがたし　　裕子

この身はもどこかへ行ける身にあらずあなたに残しゆくこの身のことば

のちの日々をながく生きてほしさびしさがさびしさを消しくるるまで

残さるるこの世どうせうと君が呟《つぶや》くに汗にぬれたる首をなでやる

「わが知らぬ」がなんとしても悲しい。その後のあなたの寂しさには、もう私は関わることができない。どんなにひとり残される寂しさを訴え、悲しみを嘆いても、どうする術《すべ》もない。彼女は自分の死ぬということ以上に、これからは、これまでのように私を包んでやることのできないことを悲しみ、私を残してゆかなければならない、それが唯一《ゆいいつ》の心残りであることを詠っていた。

「のちの日々をながく生きてほし」は、彼女の実感そのままだったろうが、この一首は彼女の死後に見つかったものだ。「さびしさがさびしさを消しくるるまで」、そんなことができるはずがないじゃないか。彼女が生きていたら、そう言ってやりたかった。さびしく笑って、それでも喜んだだろうか。彼女か。やさしい言葉は、伝える術を失ってから浮かんでくるものだ。

もちろんすべての歌がそういった歌だというわけではないが、最後の頃の彼女の歌は、より直截《ちょくせつ》に私への思いを私に伝えようとしていたのだろう。もっとも直截に伝えられる手段として、日常の会話や言葉より、彼女には歌があった。

七月も終わりになると、いよいよものが咽喉を通らなくなってきた。看護日誌には、朝にメロンひと切れ、飲むヨーグルト少々、雑炊二口。昼に白桃ゼリー一個。夕方、ミルクをスプーンに一杯などという日が続く。なんとか食べさせたいと焦るし、河野も心配をかけまいと食べようとするが、ちょっと食べ過ぎると吐いてしまうのである。

どこまでもあなたはやさしく赤卵《あかたま》の温泉卵が今朝もできました　裕子

ある朝、温泉卵が食べたいと言う。それはいい、じゃあ作るから待っててねと言って、さっそく温泉卵に挑戦した。低温で茹《ゆ》でるということは知っていたが、適当にやったらそれでも固くなりすぎた。そこで温度と時間をそれぞれ三段階ずつ振り、最適の条件を探した。こんな〈実験〉ならお手の物である。

なかの一個がちょうどいい具合である。河野に見せると、「すごいわね」と大喜びである。結局、その日は、温泉卵二個に、白桃一個、ヨーグルト一個、牛乳コップに一杯、それに日本茶と、ずいぶん食事が進んだ。私が温泉卵を作ったのがうれしかっにもうれしかった。八月の初めは、毎朝温泉卵を作った。彼女のためにというそのことが私にもうれしかった。

考えてみれば、私には、河野が「すごいわね」「よかったわね」と言ってくれるということが、生活の減《め》り張《は》りになっていたのかもしれなかった。ほとんど自分で決めていることでも、彼女が同意してくれれば安心して行動に移すことができたし、たいしたことでなくとも、褒めてくれることが何よりうれしかった。

相槌《あいづち》を打つ声のなきこの家に気難しくも老いてゆくのか

永田和宏『夏・二〇一〇』

相槌を打ってくれる存在。そんな日常生活では当たり前の存在が、いま私の前から消えようとしている。その寂しさと残酷さは想像がつかなかった。

衰弱がどんどん進んでいくことは、我々の目にも明らかだった。しかし、食べられなくても、彼女はできるだけ二階のリビングに居ようとした。テーブルの私の右斜め前の席が河野の指定席だったが、そこに座って話をしたし、疲れると居間の隣りの畳の部屋に横になった。寝ながら、私たちと話したり、黙ってこちらの動きを目で追っていることもあった。

そうなのである。なぜ私たちが河野を家に連れて帰りたかったのか。なぜ河野が家に帰りたがったのか。それは、彼女を私たちの日常の場に置いておきたかったからに他ならない。病院は、どんなに至れり尽くせりの設備と看護態勢が整っていても、所《しょ》詮《せん》は生活の場ではない。非日常の場。病人を見舞いに行く場であり、見舞客を迎える場である。

そうではなく、私たちが普通に生活をしている、その日常の活動の場に彼女を置き、最後まで私たちの生活のすぐ傍に彼女を置いておきたかった。

老後のためにと、建て替えの時にエレベータを作ったが、それを作っておいたことを喜び、彼女は自分で二階の居間に来た。一階の寝室という〈病室〉に居るのではなく、彼女もやはり私たちの日常の場に身を置こうとした。点滴スタンドを引きながら、毎朝二階へやってきた。自分で歩けなくなった、亡くなる前々日も、やはり河野は二階に居た。畳の上に横になりながら、私たちが食事をするのを見ていた。見ていてくれるということは、また私たちの幸せでもあった。

八月八日ごろだったろうか。訪問看護の渡辺先生から、痛みもやがてひどくなると思われるので、そろそろモルヒネを増やしてはどうかと相談を受けた。もちろんそれまでも、モルヒネ様のガバペンを服用したり、アンペック座薬を必要に応じて入れたりして痛みのコントロールを行ってきたが、もっと積極的に痛みに対処するため、モルヒネを増やしてはという。もう眠らせてあげてはどうかという意味である。無理もない選択である。彼女の痛み、苦しみを和らげるためにはそれがいいのだろう。しかし、私は即座に、それは困りますと言っていた。ほとんど反射的な反応だった。

眠ってしまえば、歌を作ることができなくなる。いま歌が作れなくなれば、何のために彼女がこれまで強い副作用に耐えてやってきたのかが、泡となってしまう。それ以上に、私たちと話もできないままに逝《い》かせてしまうことには耐えられなかった。彼女自身も、まっすぐ渡辺先生の目を見て、最後のお別れはできるのでしょうかと尋ねていた。痛みだけはなんとかひどくならないようにして欲しいが、眠らせてしまうことだけは避けたい。

長生きして欲しいと誰彼数《だれかれ》へつつつひにはあなたひとりを数ふ　　裕子

死の前々日、八月十日の歌である。この一首は私が口述筆記をした。八日あたりより、もはや鉛筆を持つ力もなくなり、何の前触れもなく、河野の口を漏れてくる言葉が、歌になっているということが何度かあった。その都度、紅や私や、あるときには淳がその言葉を書きとめた。

もうすぐ死なねばならない。自分のまわりの誰にも、私の死後、長生きして欲しいと思うが、しかし、ほんとうに数え上げてゆけば、ついには私にはあなただけが残ると詠うのである。あなたにだけは、長生きして欲しい、と。

死者は生者の記憶のなかにしか生きられない。私を生かしておくのはあなただけなのよ、と呼びかけられている気もするが、この一首には、そんな功利的な計らいのためではなく、私のすべてであるあなたにだけは、長く生きて欲しいという直截表現の切なさがある。河野裕子の最後の願いを引きとって、長生きしなければと思う。この一首は、私のお守りのような一首となった。

彼女が最後まで歌を作り続けたのは何故《なぜ》だったのだろうと考える。あんなにもしんどい時、それでも彼女は歌を作り、死の前日までも歌を作り続けた。何故か。

私にもまだそれに正しく答えられるという自信はないが、思うのは、彼女は、遠からず確実にやってくる死を覚悟したとき、もっとも自分らしい生き方とは何かを真剣に考えたはずだ。どうしたらもっとも自分らしく最後の時間を生き切ることができるか。その時、歌を作り続けることが、歌人として生き切ることが、もっとも自分らしいと思ったのではないだろうか。最期《さいご》までの澄明《ちょうめい》なと感じられるまでの精神の落ち着きと、淡々としたごく自然な作歌の実際を見ていると、そのようなある種の覚悟と悟りを思わずにはいられない。

モルヒネを使ってもらっては困りますという私の反応は、まことに残酷なものではあったが、それで良かったのだと思う。もし、あの時点でモルヒネを使っていれば、先の歌を含めた彼女の最後の代表作はついには遺ることがなかったのである。それでは、彼女はあまりにも悔しかっただろう。

手をのべてあなたとあなたに触れたきに息が足りないこの世の息が　　裕子

河野裕子の最後の一首である。死の前日に作られた。近代以降、これほどの歌を最後の一首として残した歌人はいないのではないかと私は思う。私が自分の手で、この一首を口述筆記で書き残せたことを、涙ぐましくも誇りに思う。

八月十一日の夜。いよいよ息苦しく、モルヒネも常量では効かなくなっていた。「しんどい」「だれか助けて」「もう死なせて」と汗をかいて訴える。モルヒネを一時的に追加して、ようやく一時間ほど眠る。淳に電話をして呼び寄せる。

目を覚ました河野は、少し落ち着いていた。そして、子供たちが揃《そろ》っているのを見て、安心もしたようだったが、自分がただならぬ状態になっているのは、家族が揃っているのを見て、却《かえ》って感じたのかもしれない。

それから、ひとりひとりに心のこもったとてもいいお別れをしてくれた。まず私の頭を抱き寄せて、髪を撫でてくれた。髪を撫でながら、「お父さんを頼みましたよ。お父さんはさびしい人なのだから、ひとりにしてはいけませんよ。大事にしてあげてね」と、子供たちに語りかけた。いつまでも頭を撫でられながら、私は激しく泣いていた。

紅が、母親の胸に顔を埋めて泣いた。「ほんとに子どもみたいに泣くのね」と弱々しく笑った。

それを見ながら居心地悪そうに立っていた淳は、いつの間にか別の部屋に行ってしまった。私には淳の居心地の悪さはよくわかった。淳には自分の家庭があり、実家は見舞いにくるところで、私と紅が河野を看病しているという場にすんなりとは入っていけないのである。「エーンエーンと生きいる母にもぐりこみ泣きいる紅を羨《とも》しみて見つ」（永田淳）という一首を作っているが、息子であるゆえに素直に悲しみを表現できない疎外感《そがいかん》でもそれはあっただろう。

河野に「淳も抱いてやってね」と言い、別室に行って、「お母さんにお別れをしておいで」と淳に言った。淳は思いのほか素直に従った。私はその場に行かなかった。何を話したのかは聞かなかったが、同じように抱きしめてもらったようだった。

翌十二日。裕子は午後になって目覚めた。熱がひどいので氷枕《こおりまくら》を取り替える。「今晩、ご飯は？　なに食べるの？」と不意に尋ねる。「魚の味噌漬けいただいたのがあるし、きゅうりも漬けようか」と答えると、「それでいいね」と安心したようだった。自分が食べられず、こんなになってもやはり家族の食事のことがいちばんに頭を過《よ》ぎるのかと、切なかった。

不意に「歌まくら、楽しかったなあ」と、はっきりした言葉で言う。とっさに「一緒の本をもっといっぱい作ろうな」と応《こた》えると、手を伸ばし、黙って私の頭を抱き寄せた。もう決して河野の目に触れることはないだろう二人の本を思いながら、私は髪を撫でられていた。

「お螻蛄《けら》、おもしろかったな」と少し笑い顔になり、遠くを見るような表情。なぜここでお螻蛄が出てくるのか。子供のときの田んぼの泥遊びを、こんな時に思い出したのだろうか。こんな話の飛躍は、いかにもいつもの彼女らしい。私が笑うと、彼女も自分の連想が可笑《おか》しくてたまらないようないたずらっぽい表情だった。いつまでも少女のままなのであった。

さみしくてあたたかかりきこの世にて会ひ得しことを幸せと思ふ　裕子

死の前日に、私が口述筆記で書き残した数首のうちの一首である。河野裕子にとっても、そして私にとっても短かかった「この世」の時間。寂しくても、暖かかったと感じてくれたことを、そして、そんな「この世にて」私と出会い、私たち家族と出会って幸せだと思ってくれたことを、今は何にも替えがたい彼女からの最後の贈り物だったと思うのである。

あとがき

河野裕子に初めて出会ったのは、大学二年のとき、一九六七年（昭和四十二年）の七月であった。京都のいくつかの大学の学生たちが中心になって、短歌同人誌「幻想派」を作ったのだが、その初めての歌会が京都大学の楽友会館で行われた。

最下級生であった私は、勢い込んでいたのだろう、最初に部屋に行っていた。少し遅れてあらわれたのが、河野裕子であった。髪を耳の横からすくって後ろでまとめ、上から垂らした髪と一緒に濃い臙脂《えんじ》のリボンでまとめていた。美しい少女であった。美しいというより愛らしいといったほうがぴったりであったが、その夜の歌会では思い切ったことをズバッと平気で言って、私たちを驚かせた。

その夜の出逢い、そしてある意味では波乱にみちた恋人時代のなりゆきなどは、昨年出版された『たとへば君』（河野裕子・永田和宏、文藝春秋、二〇一一年）に書いているので、ここでは省略するが、どちらも初対面で互いに好感を抱くことになった。

恋人時代も、結婚し二人の子どもたちと一緒に、東京、京都、アメリカ、滋賀、そしてまた京都と移り住む生活のなかでも、私たちはよくぶつかり合い、喧嘩《けんか》し、そして傷つけあった。

普通の夫婦に比べれば、どこか突出して激しい感情を互いにぶつけ合う夫婦であったのかもしれない。しかしよく話をする夫婦ではあった。普通、相聞歌などという恋の歌は、結婚前までに作るものであって、結婚後はほとんど作られないと言ってもいいかもしれない。しかし、わが家ではそれははずかしげもなく、生涯にわたってお互いを歌の対象として詠《よ》みあってきた。その数、互いに五百首は下らない。

一部は前掲書『たとへば君』に採録したが、四十年に近い結婚生活を通じて、これだけの数の相聞歌を作り続けてきたことに、いま私はある感慨を禁じえない。なぜ、これほどまでにと、自分でも不思議な気がするが、それはごく自然な営みのなかから生まれてきた歌なのであった。詠《うた》わなければと意識するのではなく、身近な存在としての連れあいがなんとしてもおもしろく、ごく自然に詠みたくなるような対象なのであった、それに尽きると思っている。

「結婚して、『お前と俺とは育てられ方が違う』と一番初めに言いましたが、私も本当にそう思いました。この人は全身をかけて愛されたことがない人だ、寂しい人だと思いました。ドーナツだと思ったんです。真ん中がない。いまでもそう思いますね。私が先に死んだら、あの人、どうするかなあって。多分、お酒を飲みすぎて泥酔してお風呂で溺死《できし》するでしょうね。」
「私がしなければならないことは永田和宏という人を一日でも長生きさせること。私の仕事は全部放って置いても、永田が帰って来たとき、お皿をあたためて少しでもおいしくと思って待っているんです。（中略）結局、子供よりも永田和宏を大事にしてやってきたというのが本当ですね。」

（河野裕子『私の会った人びと』、本阿弥書店、二〇〇九年）

「私のすべての愛情をかけた人」と自分でも言っているが、そういう愛情のかけ方が河野裕子なのであった。世話女房でもあった。

本書には、その河野裕子に乳癌《にゅうがん》が見つかってからの彼女の闘病生活、家族と歌とともにあった、彼女の最期《さいご》の日々を書きつづることになった。特に、河野が一時、精神的に相当に不安定な時期があり、その攻撃性から家のなかが地獄のような様相を呈した時期がかなり長く続いた。それらをあからさまに書くということに、はたして意味があるのか。彼女を傷つけることになりはしないか。書きすすめつつも、それらはついに解き難い疑問として私を苛《さいな》んだ。

どのように書き残せたのかは、本書をお読みいただいて判断していただくよりほかはないが、こうして一冊になったのを改めて読みなおしてみて、私としてはやはりやっておいてよかった作業だと思っている。

特に再発が見つかってから、どのような断念と引き換えに、彼女があのように毅然《きぜん》として澄んだ、ある高みに自分を維持できたのか。まだ私には十分理解できていないかもしれないが、一つ言えることは、河野裕子は、もっとも自分らしい最期をまっとうしたということである。彼女は最期の日々、死の前日まで歌を作り続けたが、それは、決して悲壮な覚悟などといったものではなく、いかにも自然になされる営みという雰囲気があり、それが却《かえ》ってある種の崇高さとでも言えるようなものに繫《つな》がっていた。

手をのべてあなたとあなたに触れたきに息が足りないこの世の息が

河野裕子『蟬声』

死の前日の、最後の歌である。近代以降、死に臨んで、この一連のような密度の高い歌を残した歌人はほとんどないと言ってもいいかもしれない。

それは彼女の意志の強さにもよるだろうが、その前に苦しむだけ苦しみ、家族みんなを巻き込む形で自らの死という理不尽に抗《あらが》い尽くした果てに、ある種の納得、断念と引き換えに得た悟りに近い思いだったのかもしれないと思うのである。敢《あ》えて、河野の苦しかった時期のことを公《おおやけ》にすることは、河野裕子という歌人の作歌の現場、歌の背景を知って欲しいという思いからでもあった。

一年間の連載というのは、私自身はじめての試みであったし、何より内容が辛《つら》い部分を多く含んでいるので、本当に最後まで辿《たど》りつけるのかという不安を抱えて始まった連載であった（「波」二〇一一年六月号〜二〇一二年五月号）。とにもかくにも書き終えたという解放感のほかに、私自身を長く縛ってきたある種の精神的トラウマから、なんとなく解放されたような気分でもある。やってよかったと思っているのである。

「波」連載のあいだ、種々《しゅじゅ》私を励まし続けてくれた新潮社の今泉正俊さんに感謝したい。今泉さんとは本来サイエンスに関する別の企画で一緒に仕事をすることになっていたのだが、急遽《きゅうきょ》、河野との最期の十年を綴《つづ》るというものに変わった。いま私の感じている爽《さわ》やかな思いは、今泉さんがいなければ自分のものとはならなかったものであろう。感謝したい。

二〇一二年、夏

庭の見える窓辺にて　永田和宏

◆収載歌集等一覧（掲載順）

河野裕子第十歌集『日付のある歌』（本阿弥書店、二〇〇二年）
河野裕子第八歌集『家』（短歌研究社、二〇〇〇年）
永田和宏・河野裕子『京都うた紀行　近現代の歌枕を訪ねて』（京都新聞出版センター、二〇一〇年）
永田和宏第八歌集『風位』（短歌研究社、二〇〇三年）
永田紅第二歌集『北部キャンパスの日々』（本阿弥書店、二〇〇二年）
河野裕子『うたの歳時記』（白水社、二〇一二年）
永田和宏第十歌集『後の日々』（角川書店、二〇〇七年）
永田和宏『もうすぐ夏至だ』（白水社、二〇一一年）
河野裕子第九歌集『歩く』（青磁社、二〇〇一年）
河野裕子・永田和宏・その家族『家族の歌　河野裕子の死を見つめて』（文春文庫、二〇一四年）
河野裕子『歌人河野裕子が語る私の会った人びと』（本阿弥書店、二〇〇八年）
河野裕子第十二歌集『庭』（砂子屋書房、二〇〇四年）

河野裕子第十一歌集『季の栞』(雁書館、二〇〇四年)
永田和宏第五歌集『華氏』(雁書館、一九九六年)
河野裕子第十五歌集『蟬声』(青磁社、二〇一一年)
河野裕子第十四歌集『葦舟』(角川書店、二〇〇九年)
永田和宏第十二歌集『夏・二〇一〇』(青磁社、二〇一二年)
河野裕子第十三歌集『母系』(青磁社、二〇〇八年)
永田和宏第七歌集『荒神』(砂子屋書房、二〇〇一年)

解説

重松 清

家族とは、なにか。

その問いに、永田和宏さんは『家族の歌』（文春文庫）の中で、こんなふうに答えている。

〈私には家族とは時間の記憶を共有する者の謂《い》いであるという思いが強い。「あの時の…」と言えば、すぐに誰かがその《時》を取り出して相槌《あいづち》を打つ。それが家族なのかも知れない。家族の記憶の中では、時間はいつまでも、そしていつでも取り出すことができる〉（「時間の記憶を携えて」）

永田和宏さんの伴侶《はんりよ》は、河野裕子《ゆうこ》さん。ともに歌壇を代表する歌人の夫妻である。お二人の息子の永田淳《じゆん》さんと娘の永田紅《こう》さんもまた、気鋭の歌人。さらには淳さんの夫人・植田裕子さんも、奇しくも同じ名前の義母に触発されて歌を詠《よ》んでいる。そんな歌人一家が歌仙を巻くようにリレー形式でエッセイを綴《つづ》り、歌を詠んで、『家族の歌』が編まれた。いわば、これは「歌の家族」の「家族の歌」なのだ。

……という紹介だけでまとめると、同書と「歌の家族」についての、とても大切なことがこぼれ落ちてしまう。引用した永田和宏さんの言葉も、家族の甘やかな幸せをのみ語ったものだと誤解されかねないだろう。

だが、『家族の歌』には副題が付いている。

〈河野裕子の死を見つめて〉

それを念頭に引用文を読み返すと、おのずと背筋が伸びる。一つひとつの言葉の強度が増し、奥行きが深まって、〈時間の記憶を共有する者〉――とりわけ〈共有〉の一語に胸を衝《つ》かれる。

本書『歌に私は泣くだらう』に克明に記されている河野裕子さんの闘病の経緯を、ここであらためて年譜風に整理しておこう。

二〇〇〇年九月二十二日　乳がんの診断を受ける。

同年十月十一日　左乳房の温存手術を受ける。腋窩《えきか》リンパ節郭清《かくせい》。

二〇〇八年七月十六日　がん転移・再発の診断。

二〇一〇年八月十二日、六十四歳で逝去。

『家族の歌』の連載が産経新聞夕刊（大阪本社発行）で始まったのは、二〇〇九年九月二日のこと。逝去の約一年前である。まえがきで、永田さんはこう書いている。〈再発癌《がん》の治療がむずかしいことは私がいちばんよく知っている。時間の問題であることも承知しているが、それならば最後まで全力疾走させてやりたかった。そして、私たち家族にできることは、河野の最期《さいご》の時間を、最後まで彼女と一緒に走りつづけること以外ではなかった〉

さきに引いた「時間の記憶を携えて」の一文は、連載を開始して間もない九月十六日付の紙面に掲載された。永田さんはリレーの順番が最初に回ってきたときに、まず「家族とはなにか」を自らに問いかけて、答えた。早すぎる晩年を生きる河野裕子さんと〈時間の記憶を共有する〉ことの、これは誓いの言葉でもあったはずだ。

もとより、その誓いは、のこされる側の哀切な覚悟とともにある。〈最後まで彼女と一緒に走りつづけること〉はできたとしても、それを〈共有〉しておくことは叶《かな》わない。思い出を語り合うべき相手は、もう、そこにはいないのだから。

＊

河野裕子さんが世を去る約二ヶ月前、二〇一〇年六月十四日付の日本経済新聞に寄稿したエッセイ「もうすぐ夏至だ」の中で、永田さんは再び「家族とはなにか」の問いを自らに投げかける。答えは「時間の記憶を携えて」で語られたのと同じだった。ただし、伴侶にのこされた時間が残りわずかになった時期に綴られた「もうすぐ夏至だ」は、こんなふうに締めくくられる。

〈共有してきた時間は、二人で話題にしてこそ意味がある。半身を失ったようなという表現で伴侶を失う悲しみを言うことがあるが、それは、二人で共有した時間を強引に捥《も》ぎ取られてしまうことによるのだろう。確かに思い出すことのできる時間の記憶を、もはや誰とも共有することのできなくなる寂しさは、想像がつかない〉

二週間後、六月二十八日付の同紙に寄せたエッセイ「歌は遺《のこ》り歌に私は」では、永訣《えいけつ》の時を間近に見据えて、永田さんの言葉はさらに哀切さを増してくる。

〈歌を残せるのは、何ものにも換えがたい財産だと思ってきたが、しかし、遺された連れ合いの歌を読むのは、また何ものにも換えがたい切なさと悲しみ以外のものではないことを知って愕然《がくぜん》とする〉

そして、永田さんは歌を詠む。

歌は遺り歌に私は泣くだらういつか来る日のいつかを怖《おそ》る

本書『歌に私は泣くだらう』の題名の由来となった絶唱である。〈それら悲しみの歌、二度と還らない二人の時間を痛切に思い知らされるこれらの歌を、ふたたび以前のように自分の財産だと思える日は来るのだろうか〉その自問への答えを探るように、本書は綴られた。初出誌は「波」。二〇一一年六月号から翌年五月号にかけての一年間の連載――河野裕子さんの一周忌の前に書き起こされたことになる。

「もうすぐ夏至だ」の時点では〈想像がつかない〉ものだった寂しさは、本書の執筆中には現実として、永田さんの胸中にあったはずだ。怖れていた〈いつか来る日〉の〈いつか〉はすでに訪れてしまい、〈共有〉する相手をうしなった夫婦の〈時間の記憶〉と、河野裕子さんの詠んだ歌がのこされた。

永田さんは、河野裕子さんが乳がんの診断を受けてから亡《な》くなるまでの〈時間の記憶〉を、静かに、ていねいに、掘り起こしていく。と同時に、伴侶がこの世にのこした歌を読み返すことで、歌にこめられた、いや、歌でしか言い表せなかった折々の思いを、そっとすくい上げていく。

そうやって、挽歌《ばんか》と相聞歌が溶け合ったかのような、切なくも美しい長編エッセイができあがったのだ。

＊

河野裕子さんは、乳がんの手術から六年が過ぎた二〇〇六年十二月三日付の西日本新聞に、「追われて生きる人へ」と題したエッセイを発表している。

〈自分は何者なのか。それは誰にもわからない。けれど、歌をつくっているうちに、どうにも言い表しようのないものと思っていた自分の不安に輪郭がついてくるのがわかる。自分という人間の輪郭が見えかけてくる。わたしとはこのようなところの形をしていたのか〉

〈先日二晩ほど徹夜をして溢《あふ》れるように歌をつくりながら、あ、わたしはわたしを治していると、ふと気づく瞬間があった〉

『家族の歌』での永田さんも、「書くということ」（二〇一一年一月二十二日付に掲載）で、まるで亡き伴侶の言葉に呼応するかのような一文を記している。

〈いまの私は、エッセーなり歌なりで、河野のことを書いているときがもっとも心安らかにいられるような気がしている。河野に関わる仕事をすることによって、なんとか精神の平衡をとり、書くことの中で自分を《治して》いるというのが実感である〉

ならば、「書くということ」の数ヶ月後――河野裕子さんの一周忌を前に連載が始まった本書での永田さんは、どうだったか。〈河野のことを書いているときがもっとも心安らか〉だったのだろうか？

すでに本文を読了された方は、無言で、粛然とした面持ちで、小さくかぶりを振るはずである。〈書く〉ことのほんとうの意味での凄《すご》みと美しさ、〈治して〉いくことの真の難しさと尊さとを、あらためて噛《か》みしめながら。

＊

夫婦で過ごした最後の十年間の〈時間の記憶〉から、美しい場面や幸せな情景だけを選んで取り出すこともできただろう。

だが、永田さんは、そうしなかった。

第一歌集『森のやうに獣のやうに』のあとがきで〈これは私の青春の証《あかし》である。他にも生き方があったのではなく、このようにしか私には生きられなかったのである〉と書いた河野裕子さんの、まさに〈このようにしか私には生きられなかった〉最後の十年間の姿を、まっすぐに見据え、文章に写し取っていった。

夫婦の悲壮な諍《いさか》いからも、家族の苦悩からも、いくつもの後悔や慚愧《ざんき》の念からも、決して目を逸《そ》らさなかった。のこされた歌を読み返し、そこに刻み込まれたものはすべて、自身への恨みごとであろうとも、受け止めた。

河野裕子さんの歌に親しんできた数多くのひとびとが抱いているはずの「河野裕子像」が壊れかねないのも承知のうえで、である。

なぜ――？

永田さんもまた〈このようにしか〉書けなかったのではないか。一周忌を迎える伴侶を〈このようにしか〉悼《いた》むことができなかったのではないか。

悼むことは、痛むことでもあるだろう。いまはもう、夫婦の〈時間の記憶〉に相槌を打つひとも、反論をするひともいない。〈時間の記憶〉は独語にしかなりえない。だからこそ、永田さんは追憶や感傷の甘さに逃れることを潔しとせず、書き手自らの胸を掻《か》きむしるようにして、その痛みと引き替えにしか得られない夫婦の姿を描こうとしたのではあるまいか。

あわててお伝えしておく。本書は、二〇一三年に第二十九回講談社エッセイ賞を受賞している。その受賞に際して永田さんが寄せた文章の一部を、ここでお借りする。

〈『歌に私は泣くだらう』は、河野裕子が乳がんの宣告を受けてから、亡くなるまでの十年、私にとっても河野にとっても、もっとも辛く厳しい時期のことを書いたものである。／書くことには初め大きなためらいがあった。河野が精神的に不安定な時期が続き、その攻撃性の発作のために家のなかがある種地獄のような様相を呈した時期に触れざるを得ないからである。中途半端なものに終ってしまえば、河野を傷つけるだけにしかならないのではないか〉

それでも、書いた。もちろん覚悟が要る。その「覚悟」を別の言葉で言い換えたのが、同賞の選考委員をつとめる酒井順子さんだった。酒井さんは選評で、永田さんが〈相手と自分とを徹底的に見つめて〉いることを讃《たた》え、つづけてこう書いているのだ。

〈その視線の奥にある残酷さのようなものは、またの名を「覚悟」、そして「愛」とも言うのだと思います〉

＊

これから長い時間をかけて読み継がれるはずの本書は、どんな読者と出会っていくのだろう。
まずなにより、講談社エッセイ賞で高い評価を受けた夫婦愛の物語として、幅広い読み手の胸に、ずしりと持ち重りのするなにかを残してくれるに違いない。

また、永田さんがエッセイ賞の受賞の言葉で〈河野裕子が最期の日々をどのような思いで過ごしてきたのか、それを辿《たど》ることで私自身にもようやく見えてきたことがあり、いまはやってよかったと思っている〉と書いているとおり、本書は河野裕子さんの晩年のドキュメントであると同時に、「歌人・河野裕子論」でもあり、今後とも河野裕子さんを論じるにあたって必携の文献になるはずだ。

さらに、本書は、「歌人・永田和宏論」にも、とても重要なキモを与えてくれるのではないか。

周知のとおり、永田さんは歌人と細胞生物学者の二つの顔を持っている。本書で河野裕子さんを〈徹底的に見つめて〉いるまなざしも、だから、重層的になる。長年連れ添った夫としての目、歌の世界の盟友としての目、そして科学者としての目……。まだある。生身の河野裕子さんを見つめる目と、河野裕子さんののこした歌を読む目とは、どこが重なり合い、どこでずれるのか。エッセイを書くときの目と、歌を詠むときの目はどうだ。

詩歌の素人《しろうと》が知ったふうな口をきくのは慎むべきだろうが、まなざしが重層的であることは、優れた表現者の持つ強みの一つであるはずだ。そう考えると、本書での（まるでミルフィーユのような）永田さんのまなざしについてだけでも、もう一編の解説が必要になるのではないか？

もう一つ。永田さんは生母を三歳のときに亡くし、母親の記憶がまったくないという。二〇〇〇年に発表したエッセイ「鳰《にお》の海」(『もうすぐ夏至だ』所収)から引く。
〈死者を悼む、想起する歌を挽歌と言う。しかし、死者の記憶のないものに挽歌はできない。改めて見直してみると、母を歌った私の歌は、結局のところ、母を持たないで過ごしてきた《私の時間》《そののちの時間》への想《おも》いなのだということに気づく〉
〈あるところで生を絶たれた存在も悲しいが、最初から《死》という時間のなかでしか存在しない存在もまた悲しい〉

母親と妻――二人の女性の〈存在〉の対照は、河野裕子さんを亡くしてからの永田さんが生きる〈そののちの時間〉が積み重なるにつれて、主題としての重みをじわじわと増していくのではないだろうか。
だとすれば、あえて言う、夫婦の過ごした日々の終わりを描いた本書は、〈そののちの時間〉の始まりを描いた一冊でもあるのだ。それは、不在の妻と〈共有〉するはずの〈時間の記憶〉の始まりでもある。

永田さんの〈そののちの時間〉は、どんなふうに刻まれていくのか。永田さんより年若の、とはいっても齢《よわい》五十を過ぎた読み手として、僕はそれを姿勢を正して振り仰ぎたいと思っているのだ。

河野裕子さんの第一歌集『森のやうに獣のやうに』に収められた一首を、最後に——。

短針のちぎれしのちも刻みゐる時計をポケットににぎりて歩めり

（平成二十六年十月、作家）

この作品は平成二十四年七月、新潮社より刊行された。

歌《うた》に私《わたし》は泣《な》くだらう

―妻・河野裕子 闘病の十年―

新潮文庫　な－89－1

平成二十七年一月一日発行
令和四年七月三十日五刷

著者　永《なが》田《た》和《かず》宏《ひろ》

発行者　佐藤隆信

発行所　株式会社新潮社

郵便番号 一六二―八七一一
東京都新宿区矢来町七一
電話 編集部(〇三)三二六六―五四四〇
読者係(〇三)三二六六―五一一一
http://www.shinchosha.co.jp

印刷・大日本印刷株式会社　製本・加藤製本株式会社

ISBN978-4-10-126381-6 C0195